在我们中间

李堂东 ◎ 主编

时代文艺出版社
SHIDAI WENYI CHUBANSHE

图书在版编目（CIP）数据

在我们中间 / 李堂东主编. -- 长春：时代文艺出版社, 2024.1
　　ISBN 978-7-5387-7414-6

Ⅰ.①在… Ⅱ.①李… Ⅲ.①新闻报道－作品集－中国－当代 Ⅳ.①I253

中国版本图书馆CIP数据核字(2023)第235694号

在我们中间
ZAI WOMEN ZHONGJIAN

李堂东　主编

| 出品人：吴　刚 |
| 责任编辑：孟宇婷 |
| 装帧设计：陈　阳 |
| 排版制作：陈　阳 |

出版发行：时代文艺出版社
地　　址：长春市福祉大路5788号　龙腾国际大厦A座15层（130118）
电　　话：0431-81629751（总编办）　　0431-81629758（发行部）
官方微博：weibo.com/tlapress
开　　本：710mm×1000mm　1/16
字　　数：276千字
印　　张：22.75
印　　刷：吉林省恒盛印刷有限公司
版　　次：2024年1月第1版
印　　次：2024年1月第1次印刷
定　　价：88.00元

图书如有印装错误　请寄回印厂调换

《在我们中间》编委会

总 策 划　王丽艳　王媚春
主　　编　李堂东
副 主 编　刘跃东　张晓鸿　郑　强　苏莉莉
　　　　　王雪东
执行副主编　陈祥凤
编　　辑　姜金妍　闫兴刚　王成平　王海英
　　　　　赵惊坤　谢　民　孟繁举　葛　冰
　　　　　徐　爽　王金双　张　希　范遵强
　　　　　万超男
总 校 对　苏莉莉
校　　对　马　佳　刘洪月　杨培艺　王卓群
　　　　　徐敏新
题 写 书 名　袁维学

前　言

李堂东

作为一档电视栏目,《在我们中间》已经走过了三十七年的历程。1986年,蛟河电视台成立,《在我们中间》应运而生,最初它是以一档新闻专题栏目的面孔出现的。

岁月更替,时光荏苒,《在我们中间》虽几经改版,但每周六晚六点十分都会准时与观众相见。每一期都会以清新、严谨的风格讲述发生在蛟河百姓中间的人和事。"以理性关照社会,以热情关注人生""《在我们中间》关注你所关注的"是始终不变的节目宗旨。

从开播伊始,《在我们中间》就受到蛟河市各界观众广泛关注,成为蛟河电视台收视率最高的栏目之一。这么多年来,《在我们中间》播出的多部专题获得吉林省乃至全国电视新闻奖项。2013年,该栏目被中国电视艺术家协会制片委员会评为"全国十大优秀电视栏目"之一,2020年又被授予"全国县级融媒十大优秀电视栏目"的荣誉。

说起来,我与《在我们中间》也有很深的缘分。多年前,我是

《在我们中间》的一名热心观众。记得上世纪 80 年代末，我在教育部门工作时，每天晚上都有看电视的习惯，尤其是收看当地的电视新闻。就在那时，我知道了《在我们中间》这档栏目。后来，我因工作原因，和节目制作组有了进一步的接触。2004 年，蛟河电视台举办业务培训，我受邀给记者们上了一个月的汉语言文学课，与《在我们中间》栏目的编导们进行了交流。再后来，我调到蛟河市文化广播电视和旅游局，具体分管广播电视工作，开始有机会更多地了解电视节目的制作流程。2021 年 5 月，我调到蛟河市融媒体中心工作，不仅成为栏目的总监制，还经常给栏目提供些选题，有时间也随栏目组的同事到基层去采访，我真正了解了《在我们中间》节目是如何运用镜头记录家乡风景、讲述百姓故事的。

一个人物或一个事件的采访，或者是一场精彩的对话，呈现在观众面前的只是短短十分钟的精华，而事实上在每次节目背后，有许多故事都没能完整地呈现，这也是我们要结集出版《在我们中间》文集的初衷，以把文字结集出书的方式，来延伸镜头背后的故事，来勾勒起过往的回忆。

三十七年，《在我们中间》栏目初心不改，风雨兼程；三十七年，我们用镜头记录平凡，用故事传递力量；三十七年，我们一起经历，共同见证这个波澜壮阔的时代、激扬青春岁月的时代、收获奋斗精彩的时代。可以说，三十七年，1927 期节目，每一期都是蛟河发展的见证，都是蛟河历史的缩影。

春发其华，秋收其实。在筹备本书的过程中，翻阅起《在我们中间》文稿，倏然间生出"若登山临下，幽然深远"的感怀。其视域之高远，正在于诸篇文字关乎蛟河发展的方方面面；其情致之幽然，正在于期期诉说着生动的故事或者动人的情感；其意味之深邃，正在于种种思绪终将使人的情感构建步入和谐之美。

三十年，人生可称而立，国家可见兴盛。家乡润养出一代又一代的创业先锋、雄才名士，是他们推动着蛟河社会的发展与进步。《在我们中间》这本文集，汇聚了这些年来栏目播出过的普通人、平凡事。《在我们中间》里有工人，有农民，他们也许是创业典型，抑或是道德模范，但是他们勇于创新、努力奋斗的故事让人感动，令人敬佩。他们的失败与成功、痛苦与快乐、彷徨与执着、失望与希望，都在节目里一一呈现出来，在细水长流的生活里闪烁出拼搏创新之精彩力量。

习近平总书记指出："希望广大新闻工作者坚定'四个自信'，保持人民情怀，记录伟大时代，讲好中国故事，传播中国声音，唱响奋进凯歌，凝聚民族力量，为实现'两个一百年'奋斗目标、实现中华民族伟大复兴的中国梦不断作出新的更大的贡献！"（习近平致中国记协成立80周年的贺信）在当今融媒时代，媒体融合会不断影响和改变着人们的生活。作为新闻工作者，我们要更加努力，让媒体融合的魅力光芒万丈。

正在发生的事很快会成为历史，但过去的历史又常常会出现在未来。唯愿《在我们中间》的结集出版，令读者雅俗共品之余，亦可获得美好的精神家园。

（作者系蛟河市融媒体中心党组书记、主任）

目 录

人在他乡　　　　　　　　　　　001

我和魏巍　　　　　　　　　　　009

守墓人　　　　　　　　　　　　019

解密怪坡　　　　　　　　　　　026

杨中华和他的爱心传递　　　　　045

往事如"烟"（上）　　　　　　052

往事如"烟"（下）　　　　　　057

听老兵讲那些过去的故事　　　　062

1946·烽火蛟河——蛟河记忆　　067

追忆韩恩·1958"走向幸福之路"　073

红叶谷　　　　　　　　　　　　080

关东风情——插树岭　　　　　　085

大山里的美丽坚守	090
老板妈妈与她的八个女儿	095
祭　江	100
"海归"女猪倌	108
盲人豆芽	114
冯其永的奋斗	130
山上的女人	138
山村文学梦	145
亚洲第一窖	152
种树的老孙	158
庆岭活鱼	165
煎饼侠——王勇	169
老牛和小牛的"甜蜜"事业	174
美丽乡村入画来	183
我家的宝贝数不清	190
乡情·亲情·红叶情	195
红叶之城，魅力蛟河	200

驻村书记　　　　　　　　　　206

齐双的老相机　　　　　　　217

老马家的全家福　　　　　　224

最后的木帮　　　　　　　　230

灵芝村长——朱建全　　　　243

从"百草园"到"三味书屋"　　247

长跑老将——王占和　　　　253

两代人的守护　　　　　　　259

千里走单骑　　　　　　　　268

街头修车匠　　　　　　　　273

"快板儿王"的快乐生活　　　278

城市名片——蛟河　　　　　286

红叶谷——森林奇遇记　　　291

浓墨重彩绘锦绣　　　　　　297

逐梦在希望田野上　　　　　302

高山之上　　　　　　　　　313

品山乐水鹿角沟　　　　　　327

后记一：与《在我们中间》一路走来　　335

后记二：《在我们中间》在我心间　　338

后记三：与《在我们中间》携手同行　　342

《在我们中间》历届节目主持人　　347

人在他乡

全民创业是实现富民强市新跨越的重要战略举措，是一项长期的系统工程。目前，我市又掀起了以"人人争当小老板，全民创业奔小康"为主题的创业热潮。提起创业途径，我们常说在家经商是一种手段，而走出家门外出务工也是一种方式。在我市，就有一大批创业者勇敢地走出家门，到他乡去寻求创业的门路。

天津，中国北方最大的沿海开放城市。

在天津市的天津港码头，我们采访到了刘海波，这位来自蛟河的"打工仔"。

今年三十五岁的刘海波是原蛟河纺织厂的一名下岗职工，下岗后，他曾经茫然过一段时间，然后便走上了自我创业的道路。

【同期声】刘海波：下岗了，刚开始情绪很低落，压力也很大，毕竟上有老下有小的，也迷茫了一阵子，但生活还得继续，好在我还年轻，也有体力，只要肯吃苦，维持生计应该没有问题。下岗后，我蹬过人力三轮车，卖过蔬菜，后来还开过出租车。

尽管下岗后的刘海波肯吃苦，头脑也灵活，尝试了很多谋生手段，但收入却只能勉强维持生活，于是不安于现状的他就萌生了新的想法。

经过一番考虑和考察后，1999年，刘海波来到天津塘沽，开启了新的创业之路。

【同期声】刘海波：因为我还年轻，不想就这样满足于小打小闹地挣点儿小钱，守着田园虽然安稳，但也混不出什么名堂，所以我就想外出闯荡闯荡，争取给父母和家人创造更好一点儿的生活条件。

离家在外，艰辛创业，其中所经历的酸甜苦辣可想而知。

【同期声】刘海波：刚来天津时，人生地不熟的，也没有个落脚的地方，就四处打零工，在餐馆洗过碗，端过盘子，还做过保安，反正是脏活儿累活儿都干过，最难的是没有固定的住处，回想起来真的挺不容易。

在困难面前，刘海波并没有退缩，因为他深知：创业难，尤其在他乡创业，更难！但不经历风雨，怎能见彩虹？

【同期声】刘海波：这个时候我才知道，外面的世界很精彩，但也有无奈，可是开弓没有回头箭，不管多难多苦，既然走出来了就要坚持下去。后来，一个偶然的机会，听说天津港缺运输司机，正好我会开车，所以就去试了试。

天津港是我国北方第一个亿吨国际港口，集装箱运输货源十分充足，在繁忙的运输线上，肯吃苦的刘海波如鱼得水。他的车开得又快又稳，人又实在、勤快，所以他深得车主的赏识，工钱也是越赚越多。

【同期声】刘海波：这份工作来之不易，所以我很珍惜，干起活儿来从不偷懒。慢慢地，我接的活儿越来越多，也就逐渐积攒了一些积蓄。我觉得，人，只要肯吃苦，肯花力气去干活儿，生活也就不会亏待你。

刘海波虽然老实厚道，却是个天性要强的人，他不甘心给别人打一辈子的工，他要用自己的努力来证明自己的实力。

【同期声】刘海波：我是个天生不服输的人，别人可以通过努力当上老板，我为什么就不能呢？本着这个想法，我就更加有奔头儿了。后来，我终于有了一辆属于自己的运输车，当时别提多高兴了，兴奋得让我流下了激动的泪水……

从此，刘海波的创业劲头越来越足。后来，他又组建了一个有规模的运输队，自己也由当初的"打工仔"变成了车队的小老板。

【同期声】刘海波：我一直坚信，功夫不负有心人，做生意其实就像滚雪球一样，会越滚越大的。你看，我这些年吃过的苦，出过的力，流过的汗水，最终都有了回报，我从给人家开运输车，到有了自己的车，现在还组建了车队，也算是在他乡闯出了一番天地。

在自己的辛勤付出和不断努力下，刘海波在天津港码头逐渐站稳了脚跟。闯出了一番事业后，他更加关注家乡的发展与变化，对来天津港打工的老乡，他感到格外亲切，对他们加以悉心的照顾。他的车队里有条不成文的规定，那就是雇驾驶员一定优先考虑蛟河人。

【同期声】刘海波：俗话说，亲不亲，故乡人。我走出家乡蛟河来天津创业，如今自己也算是小有成绩，我发现身边有很多来天津打工的蛟河人。出于一种家乡情结,我雇人的时候,也就首先考虑他们,这也算是为家乡人尽点儿心出点儿力吧。

司机黄国昌家住蛟河市前进乡,几年前,他和儿子来到天津港找活儿,刘海波便雇他们父子俩在车队开车,老黄父子俩每月的共同收入都将近五千元,这远比在家开车给小卖店送货挣得多。

【同期声】黄国昌:收入比以前高出一倍,在家一个月挣一千块钱挺不容易,在这边收入不错,生活水平也提高了。

在心里,刘海波总有一种回报家乡的愿望。他觉得天津港码头发展前景很可观,这里需要一大批有驾驶技术的员工,他真心希望家乡父老都把握住这一机会,像他一样勇敢地走出去,开辟一方属于自己的新天地。

【同期声】刘海波：要是有一技之长的情况下，我希望大家出来闯一闯，在外面只要肯吃苦，一定能赚到钱的。我希望蛟河的老乡，通过外出打拼可以富起来。同时，我在这边也会给老乡们提供一些就业信息。

尽管已经融入了天津这座现代化大城市，但刘海波的性格依旧朴实，丝毫没有小老板的派头。为减少费用，至今他还开着一辆运输车，只有当妻子来看他的时候，他才舍得抽出时间陪妻子到处走走，享受生活的美好和快乐。

如今，刘海波的眉宇间透着一种坚毅和自信。对于家乡，他有着深深的眷恋；对于将来，他有着更加美好的设想。

【同期声】刘海波：我对自己的未来充满了信心，我的梦想是继续扩大运输车队的规模，虽然人在他乡，但故乡难忘，也祝愿家乡蛟河的明天越来越好。

刘海波是一名普通的下岗职工，他勇敢地走出家门，到他乡去拼搏创业。在刘海波的身上，有着创业者的共同印记，那就是：自强不息，乐观进取！

在采访中，刘海波曾多次和我们说过这样的话："家乡固然好，但走出去，将会迎来一片更广阔的天地！"我们相信，刘海波的这句话以及他在异乡的创业故事，一定会给那些下岗失业人员带去全新的启示。

节目的最后，让我们记住这样的一句话：纵使外面的世界很无奈，但是外面的世界也依旧很精彩！

（播出时间：2006 年 5 月 28 日）

我和魏巍

《谁是最可爱的人》这篇文章,被作为教材,长期选入全国中学语文课本,一代又一代的学生读着这篇文章长大。

可是谁也没有想到,正是由于这篇文章,把作者魏巍跟文章中一

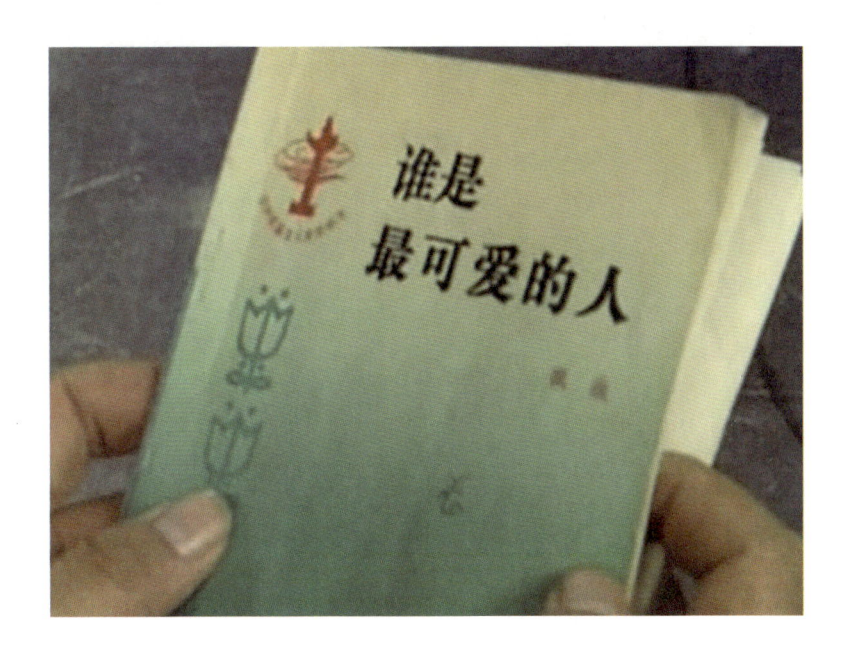

位烈士遗孤隋凤喜联系在一起，演绎了一段鲜为人知的感人故事。

隋凤喜，1948年出生，1969年参军，1973年因病退伍。现居住在蛟河市长安街，在蛟河市环卫处工作。

在蛟河市南河公园附近一栋普通的居民楼里，我们敲开了英雄的后代隋凤喜的家门。

听说是来采访他和著名作家魏巍之间这段父子情缘时，隋凤喜赶忙为我们找来了《谁是最可爱的人》这本书，并且向我们讲起了由这本书带来的一系列故事。

【同期声】隋凤喜：如果没有魏巍的这篇文章，我永远也不知道我的父亲是如何牺牲的，是个什么样的人。我见到魏巍之后，对他的印象特别深，当我读了这篇文章之后才知道，我的父亲和他的战友是那么坚强，那么勇敢。

隋凤喜1948年出生时，父亲已经参军，后来在朝鲜战场上牺牲，父子从未谋面，隋凤喜对父亲隋金山的事情一无所知，当凤喜读到《谁是最可爱的人》这篇文章时，心中一石激起千层浪，但是确认父亲就是文章中那位烈士隋金山的过程，也颇费周折。

【同期声】隋凤喜：那时我初中二年级，第二学期开学，老师给我们发新书。我最喜欢看英雄的文章，新书发到手之后我就翻看了起来，我看到了《谁是最可爱的人》这篇文章，当看到战斗英雄隋金山的名字时，我一下就愣住了，这是我父亲的名字啊！虽然我不知道父亲的样貌，但父亲的名字却牢牢地记在我的脑海里。

书中写道："在朝鲜战场上的这场激战整整持续了八个小时……烈士们的遗体保留着各种各样的姿势，有抱住敌人腰的，有抱住敌人头的，有卡住敌人脖子把敌人按倒在地上的，和敌人倒在一起，烧在一起……另一个战士，嘴里还衔着敌人的半块耳朵……假若需要立纪念碑的话，让我把带火扑敌和用刺刀跟敌人拼死在一起的烈士们的名字记下吧，他们的名字是：王金传……隋金山，李玉安……还有一个战

士，已经不可能知道他的名字了。让我们的烈士们千载万世永垂不朽吧！"

【同期声】隋凤喜：我觉得书中的隋金山有可能是我的父亲，放学后我就跑回家问我的母亲，我母亲说隋金山就是你的父亲，他临死时候还咬下来敌人的半块耳朵。

从那时起，隋凤喜只要一想到父亲就会去读《谁是最可爱的人》这篇文章，而且想要当兵的愿望越来越强烈。

1969年，隋凤喜终于如愿以偿地穿上了军装，可是正当他准备在军营中干出一番成绩的时候，自己却患上了肺结核，只好退伍返乡。此时母亲已经过世，留给他的是更多的艰辛和苦难。

【同期声】隋凤喜：1973年，我结婚了，回到了地方工作，工资很低，我身体很不好，爱人没有工作，所以生活上陷入了困境，心

情很低落，身边没有亲人，当时觉得生活很难。

【同期声】隋凤喜爱人：在一本杂志上，我看到了魏巍的名字和他的地址，就记下来地址，和我丈夫说我们给魏巍写封信，说我们是隋金山烈士的后代，把家里的难处和魏巍说一下。

【同期声】隋凤喜：当时我内心非常犹豫，魏巍是一位著名的作家，不确定我给他写信他能不能收到，收到了能不能给我回信。我爱人就跟我说，试试吧，收到了更好，收不到也了却了我们的心愿，所以我就给魏老写了第一封信。

魏巍收到隋凤喜的信后非常高兴，他没有想到，自己笔下的烈士遗孤会跟自己取得联系。

【同期声】电话采访魏巍：我一听他说他的父亲是隋金山，问我认识不认识，是不是我文章里的人。我说那当然是了，有隋金山啊。之后我就鼓励他们，要继承先烈的遗志啊，要继续奋斗啊，希望他们以后也很不错。

仅仅一个星期后，隋凤喜就收到了魏巍的回信，魏巍还在信中提到，会尽力地去帮助他，但是看完信后，作为烈士的后代，隋凤喜感到羞愧难当。

【同期声】隋凤喜：当时我心情很愧疚，真不好意思，魏老那么大年纪了，又是著名的作家，亲自给我写信，安慰我、鼓励我，我岁数也这么大了，孩子也都长大了，我还去麻烦他，还向他诉苦。如果我父亲在世的话，绝对不允许我这样做。魏老对我非常好，我把魏老写给我的每一封信都珍藏起来，没事我就看一看，我认为这些信就是我工作当中前进的动力。

隋凤喜与魏巍经常书信往来，魏巍给他讲朝鲜战场上的英雄事迹，用烈士们的精神激励他自强自立。隋凤喜也把魏巍当成自己的情感和精神支柱。每当他看到魏巍的亲笔信都暗下决心，不能给政府添麻烦。自食其力的日子苦中有甜。

【同期声】隋凤喜：虽然生活中困难很多，但我不能给政府添麻烦。我应该自己去寻找生活的出路，凡是能赚钱的，我什么都做。2004年，环卫处招聘了一批清扫工，我抱着试试看的态度报名了，没想到环卫处真就录用了，从那时起我就开始扫大街，虽然苦、累、脏，我还是愿意做。

随着时间的推移，隋凤喜越来越急切地想和他心中的"父亲"见上一面。2001年，在有关部门的资助下，隋凤喜走进了北京，书信往来十六年的两人终于得以相见。

两双手紧紧地握在了一起，好像有很多话要说，可是一时又不知从何说起。

【同期声】隋凤喜：见到魏老我心情非常激动，抑制不住内心的感情，我一下就把魏老给抱住了，魏老也把我抱住了，当时那眼泪控制不住，所以情不自禁地喊："爸爸呀爸爸，您就是我的亲爸爸。"

016　在我们中间

短暂的相聚又要分别，八十二岁的魏巍把他的作品，有关抗美援朝的长篇小说《东方》送给隋凤喜，并亲笔写下祝愿。

【现场音】魏巍：你的父亲隋金山是抗美援朝保家卫国的英雄好汉，是全国人民最可爱的人，祝你和你的后代要继承先烈遗志，为保卫和建设社会主义祖国而努力，永远保持光荣。

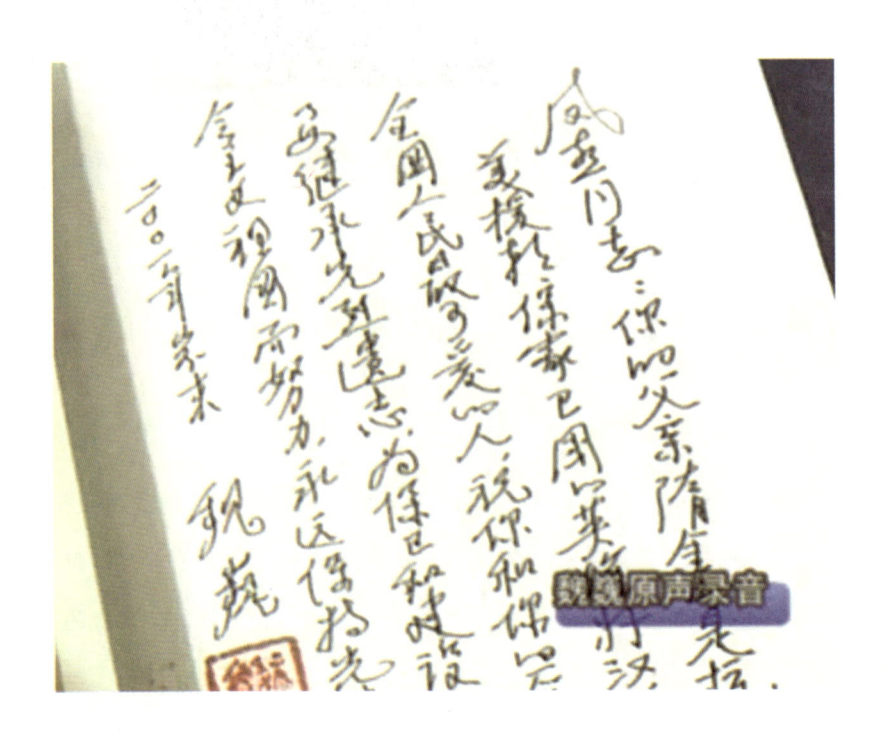

从此以后，魏巍和隋凤喜的往来更密切了。2004年，隋凤喜的女儿隋鑫高中毕业后，不想再考大学了。隋凤喜的妻子知道后随口把这件事告诉了魏巍。魏巍说："国家建设需要科技型人才，她应该读大学。"随后，魏巍特意给隋凤喜的女儿寄来两千元学费，并鼓励她要好好读书。

如今，五十八岁的隋凤喜还是和常人一样过着普通而平静的日子，但是他和魏巍这段长达半个世纪的父子情缘却给他的生活注入了无法替代的精神力量。因此，有机会能再去看看魏巍老人就成了他最大的愿望。

【同期声】隋凤喜：我今年有一个最大的愿望，就是多攒点儿钱，再去一趟北京，看一看魏巍他老人家。因为我是烈士的儿子，也是魏老的儿子,所以我应该把我们俩之间的父子情缘,在老隋家世世代代地传下去。作为他的儿子,我要祝福他老人家永远健康长寿。

一段感人至深的"父子"情缘,伴随着英雄的后代,走向明天。

(播出时间:2007年11月2日)

守墓人

记得有这样一句歌词写得异常生动形象:"最美不过夕阳红,温馨又从容。"对大多数老年人来说,他们都应在晚年尽享天伦之乐。而在天岗镇,一位七十七岁的高龄老人却选择了到烈士陵园为烈士守墓,以此来度过自己的晚年生活。

在天岗烈士陵园的山脚下，坐落着一间极为显眼的低矮平房，在这间只有三十多平方米的小屋里，住着七十七岁的马述模和八十岁的李慧云这老两口儿。两位老人在这狭小、简陋的屋子里已经住了整整十年。十年来，马述模老人的任务只有一个，那就是为这些烈士陵园中的烈士守墓。

【同期声】马述模：我在这里已经守护了十年，对这里的一草一木都有很深的感情。十年来，我把自己所有的情感都倾注给了长眠在这里的烈士，因为他们值得我这样做，英雄是不能被遗忘的。

马述模是地地道道的山东人，年少时他曾经历过侵华日军烧杀抢掠的痛苦，这激起了他保家卫国的决心，所以十五岁的他加入了儿童团，十七岁他又加入了中国人民解放军。

【同期声】马述模：小时候受党的教育，跟着党走，日军扫荡，我就参加儿童团放哨抓汉奸，当兵的目的是跟党走，解放受苦的人。

穿上了军装的马述模由于表现出色，很快就加入了中国共产党，并当上了排长。战争是残酷无情的，和马述模一起入伍的十三名同乡，在三年的时间里就牺牲了四个，这让马述模的心情异常悲痛。

【同期声】马述模：一起参军的老乡里有牺牲的，有受伤的，我心里很难过。为和平而战，就是希望让百姓能过上安稳日子。

    英雄是不能被忘记的，他们是山河的灵魂。位于天岗镇的天岗烈士陵园始建于1996年，在这里长眠着1947年6月天岗战斗中英勇牺牲的一百六十七名战士。
    因为马述模是党员，又是一名退伍老兵，所以，1997年，天岗镇政府便安排他来守护这座烈士陵园。听到这一消息后，马述模老人显得异常激动。

【同期声】马述模：没有他们，我们也过不了今天的好日子，能给他们守墓，我觉得也是一种幸福。

天岗烈士陵园庄严肃穆，陵园并不大，陈设也很简单，通往陵园的石阶路总是被马述模清扫得很干净。老人说，十年的寒暑，他早已习惯了这里的生活，每天的清扫与修整工作是雷打不动的。

【同期声】马述模：把这里打扫得干净，烈士家属会很欣慰，我觉得很有意义。我一直不忘自己是一名党员，这是我应该做的，想想他们，我就不会寂寞了。每天我都会来到这里，清扫之后，就在这里坐一会儿，和烈士们说说话，他们走了，我给他们守陵，他们也就不孤独了。

马述模和老伴儿两个人的生活费加在一起每个月只有四百多元，这在常人看来似乎难以想象，但苦了一辈子的马述模老人对此却感到非常满足。

【同期声】马述模：钱多就多花，钱少就少花，这比以前可强多了，和这些烈士相比，我还活着，就很满足了。

有人曾经这样问过马述模老人："做这些你到底图个什么呢？"马述模老人对这个问题想过很多遍，也回答过很多遍。

【同期声】马述模：我图个什么呢？我也没什么可图的，我就是替他们看好墓就行了，别的没多想。

马述模老人觉得，太多的大道理他说不出来，也不愿意多说，他只是从内心里希望更多的人能够珍惜眼前的幸福生活。

【同期声】马述模：我们的好生活都是烈士们用生命换来的，我们不能忘记英雄，更要好好学习，努力工作，珍惜这来之不易的幸福生活，为社会多做贡献。

采访中我们得知，已是古稀之年的马述模老人还有着这样一个让我们感动的愿望。

【同期声】马述模：我想再多活个十几年，在这里陪着这些烈士，这样他们就不会孤单、不会寂寞了。

采访结束了，瘦小的老人站在石碑旁向我们挥手告别，车轮远去，但老人的形象已在我们的心中定格，耸立成一座巍峨的丰碑。

马述模老人把对烈士的崇敬和深沉的怀念，化成坚守这座烈士陵园永不枯竭的信念。

十年如一日的守墓生活，让我们感受到的是"青山不老，真情不

老"的真挚情感。

而最让我们感动与震撼的，还是马述模老人的那个心愿。他希望能再多活十几年，他说，只要活一天，就在这里守护一天！

在马述模老人的心里，他守护的似乎已经不仅仅是长眠在这里的烈士，而是那段尘封已久的烽火岁月，以及让他怀念一生的战友情怀。

（播出时间：2007年4月22日）

解密怪坡

第一集

在我市红叶谷景区谷外谷的旅游公路上,有两处神奇的怪坡,"车往坡上滑,水往高处流"是人们对怪坡这一神奇现象的形象比喻,神奇的红叶谷怪坡也因此吸引了大量游客,他们纷纷前来,想要探寻个究竟。

那么,这怪坡是怎样被发现的?怪坡形成的原因又是什么呢?近日,中央电视台"见证发现之旅"节目和我台联合摄制了电视专题片

《解密怪坡》，该片以科学的视角，对怪坡的成因进行了分析和解释。《在我们中间》节目从本期开始，将分三集为您播出电视专题片《解密怪坡》。今天请您欣赏第一集《发现怪坡》。

▶▶▶ 前导篇

在黑暗中举起探索的火炬，经历神秘陌生离奇的未知世界，科学纪录片栏目《发现之旅》，总有扑朔迷离的故事。

深山里的神秘事件："手刹就忘拉了，这车就跑了，然后就发现这车怎么从下坡往上坡跑啊？"

难道真的有物质可以抗拒地心引力？"这种磁场，它的这种力量和重力相比较，这个力量是非常小的。"全世界都存在的怪异现象，现代的科技手段能否解开谜团。

俗话说，一场秋雨一场寒。在经历了几次降雨后，东北的秋天已经很冷了，为了供应市场上所需的大量林蛙，吉林省蛟河市周围的农民们在山里饲养林蛙。

这一天，几位饲养林蛙的村民拉着他们的林蛙打算进城，当村民们看到路边很多饱满的树籽时，他们决定停下来摘一些作为家畜的饲料。由于已经是深秋了，很少有人和车进山，于是他们随意将农用车

停在了路边，奇怪的事情发生了。

【同期声】村民：哎呀，俺们有一天撸树籽，这车就忘刹车了，手刹就忘拉了，这车就跑了，然后就发现这车怎么从下坡往上坡跑呢？挺奇怪的。

当村民们把他们奇特的经历讲给其他人听的时候，没有人相信他们，都认为是他们的错觉，直到不久以后又一件事发生了。

【同期声】市民：我在蛟河市区工作，我的老家在前面不远的插树岭村，我经常在这段路上往返。因为我是新手，前不久新买的车，我还不太会开，开车的过程中突然来了一个电话，我就把车停在路边，这个车熄火之后，我就没有拉手刹，这个车呢就自己往坡上滑行，我觉得挺奇怪啊，我下来左右看一下，明明是上坡，车自己走了。我又往返几次，试验几次，车都往坡上走，我就感觉更奇怪了。

这到底是什么样的一个路段，会频频发生这样的怪事，竟然违背了"下坡容易上坡难"这自古以来的规律，一时间周围的村民们众说纷纭，大家认为在这个他们世代生活的地方，一定发生了神秘的事件。

这个发生奇异现象的地方，属于吉林省拉法山国家森林公园红叶谷景区。拉法山位于吉林省蛟河市北部十七公里处，山峰拔地而起，略呈等腰三角形，东西走向，海拔886.12米，占地面积两万多公顷，其水上面积三百多平方公里。红叶谷则是长白山余脉——老爷岭的一条山谷。在两山之间的村落里，村民们一直过着耕种、捕鱼、饲养林蛙的生活。传说拉法山曾经是古代道士的修炼之所，这更为发生怪事的路段增添了神秘的色彩。

为了证实司机们描述的情况是否真的像他们说的那样神奇，我们打算亲自去体验一下。在红叶谷，我们通过观察，发现这段路的上坡和下坡的坡度十分明显。

【同期声】记者：前方是坡下，后边是坡上，现在我把挡位放在空挡，然后手刹放下，现在我踩着刹车。现在我把刹车刹开，你看这个车，现在这个车真的在往坡上溜，而且速度越来越快。现在已经溜出来有十米远，还在往坡上溜。现在速度在减，现在速度越来越慢了。好，我们停在这个坡的大概是三分之

030　在我们中间

二的位置，现在车不动了。

为了让观众看得更加明白，我们在坡上进行了一次无人驾驶，记者所做的仅仅是在适当的时候把握一下方向盘，防止汽车跑偏。虽然这让人匪夷所思，但却是我们亲眼所见。通常这种现象被人们称为"怪坡现象"。到底是什么神奇的力量造成了"怪坡"的形成？难道自然规律真的能被打破吗？

红叶谷怪坡的发现，无疑为红叶谷景区蒙上了一层神秘的面纱。那么这神秘的背后，又有哪些惊人的发现呢？下期的《在我们中间》节目，请您继续收看《解密怪坡》的第二集。

（播出时间：2008 年 4 月 20 日）

第二集

在上期节目中，我们为您播出的是由中央电视台《见证发现之旅》节目和我台联合摄制，并在央视一套播出的电视专题片《解密怪坡》的第一集。可以说，红叶谷的怪坡现象，为红叶谷景区增加了一大看点。一时间，人们对怪坡的分析和解释也众说纷纭。在电视专题片《解密怪坡》中，吉林大学地理学院的教授和专家们对红叶谷怪坡的形成原因进行了科学的考察和分析。今天的节目，请您继续收看《解密怪坡》的第二集。

我们无法证实，那些神秘的力量是否存在，形成世界各地的怪坡也许有着不同的原因。当站在蛟河这段怪坡上的时候，我们不禁在想，在众多的原因中哪个才是谜题的真相呢？

【同期声】拉法山国家森林公园经理张宝田：这路段呢，位于拉法山国家森林公园红叶谷景区。以前就听附近村民和一些司机反映，说这段路存在异常问题，我们具体也说不准是什么原因，后来，我们就想请一些专家到实地勘查一下，看看是不是真的存在怪坡现象。

（谭笑平） 　　　　　（杨国东） 　　　　　（王义强）

谭笑平，吉林大学地球探测科学与技术学院副院长，考察怪坡行动的组织者。杨国东，吉林大学地球探测科学与技术学院教授，主项测绘工程，精通各种仪器，长期负责野外重大项目测绘。王义强，吉林大学地球探测科学与技术学院教授，从事地质学研究，负责吉林省旅游景点的开发与设定。

【同期声】谭笑平：我们听到这个现象呢，大家传的相同内容也很多，所以我们觉得它是一个说简单也复杂的问题。那么我们向学院汇报完以后呢，我们感觉这个事一定要从机理上把它搞清楚，为什么会倒车走？这是什么现象？要给大家解释清楚。这个问题是什么原因造成的？要有说法。所以我们带着这个问题，我们学院组织了这么几位老师一起成立这么一个组，这个组呢，为这个课题开展了活动。

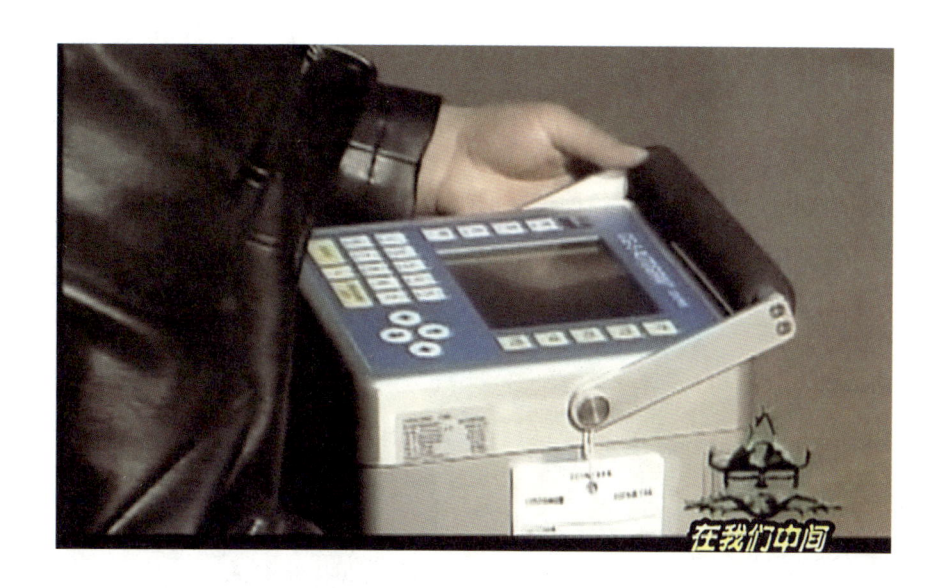

一个专业的团队将对蛟河怪坡进行一次全方位的考察与研究。先进的科学仪器与勘测方法，将成为揭开怪坡之谜的重要手段。在那个大家众说纷纭的神秘路段，科学家们将发现什么呢？

　　深秋的东北气温已经接近零摄氏度，我们在秋雨中与吉林大学地球探测科学与技术学院的专家组一起，前往蛟河市拉法山国家森林公园红叶谷景区，来到那个发现怪坡的路段。

　　地表上的物体受两种力的作用，一种是重力，一种是磁力。由于地球的引力而产生的力叫作重力，方向竖直向下。专家们观察了怪坡周围的地貌情况，那么会不会是重力异常造成的这种现象呢？

【同期声】王义强：重力异常的情况呢，在地质学的确是存在的。特别是在重力均衡没有调整好的这样一些地区，重力异常比较大，常常会引起众人的偏议。像喜马拉雅山，在喜马拉雅山的周边进行测量的时候，我们就可以发现，往山的一侧有个微弱的倾斜。

大千世界中存在着各种神奇的现象，这种重力异常的能量到底有多大，它真的足以抗拒地心引力吗？

【同期声】王义强：但是这个倾斜值它比较小，那么一方面呢，是因为山和地球相比较，它毕竟体积还是小得太多了；再者山下边有一个山根，这个山根是由于重力均衡调整所造成的，山根是相对低密度的，那么它要补偿来自上面的质量的压力，所以底下是个低密度的山根，这样在整个的区域中，如果已经完全调整好了，这个地方处于一种均衡状态，这就是和阿基米德原理是一样的，就好比一个木块能放在水里边，如果它可以处于一种平衡状态，那么重力就已经均衡了。

蛟河市位于吉林省吉林市东部，地处东经126度45分到127度57分，北纬43度12分到44度09分之间，属温带大陆性季风气候。冬季雪大寒冷，春季多雨多风，夏季温热多晴，四季分明。年均气温2.8℃至3℃，年均降水量720毫米左右。蛟河市的基本地貌轮廓为东北高西南低，构成山地、丘陵、河谷平坦的地貌形态。这种地貌会产生重力异常吗？王义强在怪坡附近开始寻找那些足以造成这个地区重力异常的证据，目标就是周围的岩石。

【同期声】王义强：这是一种比较典型的花岗岩，这种岩石密度比较大，我们的下边这个石头呢，它是一种泥质岩石，有一些轻微的变值。两种岩石从密度上来看有些差别，我们经过研究，咱们这个怪坡所处的位置是一个山谷里边，周围都是山，但是山的高度基本上比较接近，所以从山体本身的质量来看，它不具有这种重力异常的可能性。

正如我们前面所说，地表上的物体受两种力的影响，一种是重力，另一种是磁力。如果说不是山体本身的重力异常造成的怪坡现象，那么磁场是否就会是蛟河怪坡的始作俑者呢？

1954年，我国一支地质探矿队发现在山东某个地区，面积大约四平方公里的范围内，地磁感应强度异常，地质队员们推测这里一定是一个储量

036　在我们中间

较大的铁矿。经过钻探发掘，最终在地下 450 米深处，发现了总厚度达 62.54 米的磁铁矿区。难道在红叶谷的地下深处也隐藏着某种矿产资源，它们形成的巨大磁力足以左右汽车的行驶吗？

【同期声】王义强：容易引起地磁场变化的这样的岩石，是含有一些铁磁性矿物的，就像这个磁铁矿，你看我们在找铁矿的时候有一种磁法勘探——行磁，通过行磁测量，这个地方会有异常。但是尽管有这种异常，一般这种异常的引力作用也不足以和地球的引力相抗衡。但是，我们从科学的角度来讲，我们要测量一下，看看是不是存在这种巨大的磁场。

通过科研人员的考察和先进仪器的测试，有关专家终于揭开了红叶谷怪坡形成的原因，那么答案究竟是怎样的呢？下期的《在我们中间》节目，请您继续收看《解密怪坡》的第三集。

（播出时间：2008 年 4 月 27）

第三集

在上期节目中，我们为您播出的是由中央电视台《见证发现之旅》节目和我台联合摄制，并在央视一套播出的电视专题片《解密怪坡》的第二集。世界各地有很多怪坡，仅在我国东北就有辽宁省沈阳怪坡、吉林省长白山怪坡和吉林省吉林北大湖滑雪场怪坡。尽管人们对其描述都大同小异，但是对怪坡的分析和解释却又各不相同。那么我市红叶谷怪坡是怎样形成的呢？今天的节目我们为您揭晓答案。

一套全新的高科技仪器被用于测试地磁是否有异常，科学家将根据机器勘测到的数据做出判断。

【同期声】谭笑平：这个仪器是我们新引进的CG5的仪器，这个仪器是我们学院测重力最先进的，在国内也是较高级别的，有一点儿微重力变化都能测出来。所以我们杨院长的意思是通过这个测量，看看有没有重大磁场，我们用这个来观测一下，看看到底是什么情况。

由于这套CG5重力仪十分敏感，对于测试的环境要求很高，但是我们所处的位置却在公路中央，不断有车辆经过，这给测试工作带来了很大的难度。

【现场音】专家：现在开始大家就都别动啊，站原地都别动，还得半分钟的时间。因为它有一个石英弹簧在里面，弹簧因为有震动会引起波动，就会影响测量结果，所以说在测量的时候呢，要避免那种干扰的震动。

为了更加准确地勘测出这个地区是否有地磁异常，专家组对周围的路面都进行了测试。他们将在实验室里对这些数据进行分析和整理。到时红叶谷怪坡路段是否存在地磁异常的谜团，将会真相大白。

和所有人一样，专家们通过肉眼观察，发现汽车

是向着上坡的方向滑行，一个简单有效的测试开始了。全站仪、全站式电子速测仪，兼备水准仪及经纬仪的功能，常被用作工程定位，基本的功能就是测两点之间的高差，通过全站仪的测试数据，我们就可以对那个所有人都认为是下坡的地方揭开谜底。

【同期声】杨国东：这一次我们接受这个任务，去红叶谷怪坡测量，我们是采用全站仪三角高层测量的方法。其中在路面上选一个基点，沿着路面来测定各个点的高差情况。

通过专家们细致精确的测量，全站仪发现的结果却让我们感到难以置信。

【同期声】王义强：咱们看，最低点比这还要高。所以说，一点点排过来就没有问题了。你看，最低点在那儿呢。

全站仪为我们得出的结果是这样的，那个大家公认的路段最低点，也就是车会从那里开始滑行的地方，竟然比我们所谓的上坡还要高，难道是我们的眼睛欺骗了我们？

【同期声】杨国东：从测量的结果来看，怪坡那一段五十米左右的长度范围内，高度差是二十四厘米。这二十四厘米呢，从我们肉眼上看很难看出，也可能看出更高或者是更低。

俗话说，"耳听为虚，眼见为实"。这种说法不仅是几百几千年来的经验之谈，更已经被很多人奉为真理。但眼睛看见的是否真的就是事物的本身呢？在看了这组图片以后你还敢说自己看到的就是真相吗？

与此同时，重力仪的检测结果也出来了，那个让我们认为会在红叶谷地区找到矿产资源的想法彻底没有了。

【同期声】杨国东：测定的这一段，重力值变化甚微，不足以产生导致这种怪坡现象的重力异常。

【同期声】王义强：实际上，我们做一个很简单的实验，就可以发现有没有这种异常。那天呢，我们在野外观察的时候赶上下雨，结果我们就发现雨水在这个道路上流动的方向和我们车辆自由滑行的方向是一致的。我们都知道磁场对车有作用力，因为它是一种含有铁磁性的物质，对车有作用力，但是它对水没有作用力，结果车和水的运动方向相同，这说明它们应该是受重力作用，那么整体来讲应该还是水往低处流这样一种现象。所以这样就基本上排除了一种大的磁场存在的可能性。

　　没有重力异常，也排除了地磁异常。那么蛟河怪坡形成的真正原因到底是什么呢？

【同期声】杨国东：我们考虑啊，很大的可能性还是人视觉的误差。通常情况下，我们站在这个坡上，人的视觉有一个误差，会把一个比较陡的坡看成一个比较缓的坡，是我们站的位置导致的这样一种误差现象。而且，我们的眼睛还常常把我们跟前的坡当成参照物来看周围的地形。所以这样的话，就使周围的地形容易引起坡度方面的一个误差，实际上这是一种视觉方面的误差。

专家组一致认为，通过大量的数据证实，蛟河怪坡的形成，其实就是一种视觉误差。而有三种路况往往会欺骗我们的眼睛。

【同期声】王义强：那么这是第一种，首先有一个陡的上坡，然后一个缓的上坡，再一个陡的上坡。打比方，我们人从这个陡的上坡往上走的时候，看到的前面这个缓的上坡，这个时候我们

把前面这一段陡的坡度，看成比较缓，那么这个呢它整个都颠倒了一个角度，所以把这段看成一个下坡。那么第二种，就相当于一个U字形，这种模型和第一种模型还不一样，这种形状它是从这个方向看的时候，下一段是一个怪坡，再从反方向看的时候就不是怪坡了，它是一段陡的上坡，再一段缓的上坡。那么我们从陡的上坡往上爬的时候，就会很容易把上面这个缓的上坡，看成是一个下坡，这也是明显的一种视觉误差。

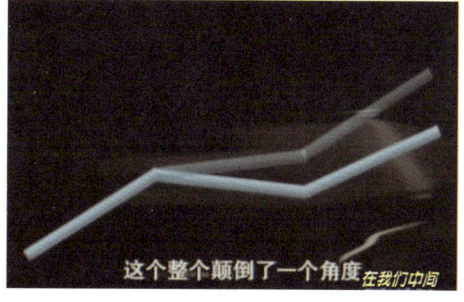

当然我们无法排除其他地区的怪坡形成有着多种多样的原因。也许还有很多不为人所知的成因有待于我们进一步发掘。

在这个神奇的世界里，人类真正了解的又能有多少呢？

通过科学的探索，有关专家终于解开了红叶谷怪坡的谜团。可是由于强烈的视觉效果，红叶谷怪坡给游客带来的那份好奇和神秘却在不断地吸引着更多的游人。

（播出时间：2008年5月4日）

杨中华和他的爱心传递

　　传递一份爱心，点燃一生希望。杨中华是我市一名青年教师，在赴农村支教时，他看到有的学生因家庭贫困而面临辍学，便毅然发起了一个爱心传递活动。目前，已经使八名学生得到了爱心资助。

杨中华,蛟河十中音乐教师。2007年10月,他作为蛟河市教育局农村支教工作队成员,到天岗三中支教。在支教过程中,杨中华发现,该校二年二班有个叫商丽艳的同学,每次中午吃饭都是自己偷偷躲在墙角,米饭加咸菜就是她的午餐。

【同期声】杨中华:这个孩子非常爱学习,品质也很好,但这孩子生活很困难,曾经面临辍学的境况。我了解到,这个孩子的父母亲身体不太好,所以她在学习之余经常帮助父母做家务,她的孝顺打动了我。

商丽艳同学的生活状况给杨中华带来很大的触动。

【同期声】杨中华:看到商丽艳这个情况,我就想到我小时候。因为我七岁的时候就没有了母亲,是父亲辛辛苦苦把我拉扯大,后来我通过自己的努力考上了大学。但是家里头困难,交不起学费,当时市政府的一位领导捐助了我八百元钱学费,所以我才能有今天。通过这次下乡支教活动,我想借此把一直埋藏在心里的这份恩情传递下去。

于是杨中华做出了这样一个决定——每学期拿出八百元钱帮助商丽艳同学顺利完成学业。

【同期声】杨中华：每月的这八百元钱，不仅是对她生活的帮助，更重要的是给她一种影响和鼓励，让她感受这份爱心带来的温暖，将来她有能力的时候，也会充满爱心地去面对这个世界。

然而，在之后的支教工作中杨中华发现，有很多像商丽艳这样品学兼优的学生，因为家庭困难而面临辍学困境，他觉得仅靠他一个人的爱心力量毕竟是有限的。

【同期声】杨中华：我觉得身边很多朋友和同学具备这个条件和能力，我想动员他们和我一起，共同去献出一份爱心，这样力量能更大一些。

于是，在杨中华的心里产生了这样一个念头，他要在他的朋友、同学中，开展一个爱心传递活动。

当杨中华将自己的爱心传递的想法向自己的老同学及朋友们说起之后，得到了大家的一致赞同和支持。

【同期声】杨中华：我很多朋友和同学都愿意拿出一笔善款，让我去找一些品学兼优的学生来资助，他们都觉得这样的爱心传递活动非常有意义。

于是这个爱心接力棒就在杨中华的朋友、同学中传递开来。

他的一位同学是吉林市电视台的一位编导，他第一个响应，将八百元钱送到杨中华手中。

【同期声】受捐助学生：通过杨老师组织的这个活动，有一位好心的节目编导来资助我，这件事激励了我。我长大以后也一定要把自己的爱心献给别人。

【同期声】杨中华：通过这个爱心传递活动，所有得到资助的孩子们在对人生的态度上都有了很大的变化。他们的学习有了动力，也懂得了感恩与回报。很多家长也给我打电话，他们都非常感动。我并不奢望这些孩子能给我带来什么回报，我觉得这些孩子和家长他们会有一份爱心，有一份感动，他们能感受到这份恩情，那么他们必然会把这份爱心传递下去，这是我希望看到的。

如今，杨中华发起的爱心传递活动在不断延伸，活动范围也在不断扩大，一些相识不相识的人士，纷纷加入到爱心活动中来，结成爱心助学对子。

【同期声】教师1：我愿意加入杨老师这个爱心传递活动，共同尽一份力，使自己的爱心能够让更多的学生得到资助。

【同期声】教师2：爱心传递这个活动意义非常深远，受资助的孩子将来也会同样把爱心奉献给别人，能把这个爱心继续传递下去。

点滴之水汇成海洋，颗颗爱心变成希望。面对通过自己汇聚成的这片爱的阳光，杨中华感到无比欣慰。

【同期声】杨中华：通过这一次爱心传递活动，我也受到了教育，我真正地感觉到，当你把一份爱心传递出去的时候，心里是很快乐的，这就是俗话说的"赠人玫瑰手有余香"。以后我会继续把爱心传递下去，只要人人都献出一点儿爱，世界将会变成美好的人间。

"如果您体验过幸福，请捐助特困学童；如果您体验过苦难，请捐助特困学童。"这是我们在杨中华的日记中记录下来的一句话。杨中华，一位普通教师，编织了一张美丽的爱心网，让更多的贫困学生圆了自己的求学梦想。

我们在宣传杨中华爱心捐助贫困学生这一事迹的同时，更希望扶贫帮困、奉献爱心这种中华民族的传统美德,能够在每个地方、每个角落生根发芽。

(播出时间:2008年6月1日)

往事如"烟"(上)

蛟河盛产晒烟,也称"漂河烟"或"关东烟",自古就享有极高的盛名。可是随着光阴的流转,有着四百余年历史的关东烟所积淀下来的文化底蕴,难免会在烟雾缭绕中,逐渐从人们的记忆中散去。

李怀珠,这位生长在关东大地并长期与烟打交道的人,与烟具收藏结下了不解之缘,并让我们得以追忆起那如"烟"的往事……

收藏是一门艺术,也是一种爱好,在当代烟具领域内有"南北二珠"之说,"北"

指的就是家住我市的李怀珠。李怀珠从1993年开始收集烟具，至今已有藏品一千四百余件。

【同期声】李怀珠：在工作过程当中，很多烟民和烟农向我介绍关东烟的历史。据史书上记载，蛟河种植旱烟已经有四百多年的历史了，在这个漫长的历史过程当中，农民种烟、抽烟，形成了很多民间的风俗。史书记载，在四百多年的种植历史中，民间留下来很多传说，很多故事。我在这里工作时就想，应该如何把这四百多年的历史留存下来，让更多人了解关东烟，所以我就通过把烟民们使用的烟具收藏起来，让后人了解这段历史。

早些年在东北，吸烟具有广泛的群众基础，"东北三大怪"之一的"大姑娘叼个长烟袋"是最形象的描述。究其原因，是与当时的生活方式息息相关。

【同期声】李怀珠：在东北，有很多人喜欢抽烟，形成了一种风俗。据我了解，一是东北过去山高林密，比较荒凉，冰天雪地的天气里，男人们要去狩猎捕鱼，环境恶劣，在这种自然环境下，形成了男人抽烟解心宽的习惯。二是东北有很多野兽，抽烟可以驱赶野兽，狼怕烟的光亮，蛇怕烟油，虫子怕烟熏，这种自然环境下，也形成了大家抽烟的习惯。另外烟草还有治病作用，老百姓割草手被划伤，他们就把烟灰缠在手上，可以消炎止痛。

随着社会的变迁，后来烟也慢慢成为了东北人待客迎宾、孝敬长辈、沟通情感的一道桥梁。

【同期声】李怀珠：不同身份拿的烟具也不一样，细的烟杆是年老的妇女用的，粗的烟杆是年老的男人用的，辈分越大的人烟袋杆越长。家里来客人要把客人迎到屋里的南炕上，主人会把烟袋递给客人，体现的是主人家的热情好客。满族的晚辈要给长辈敬烟，每天早上起来和晚上睡觉之前，要给公公婆婆请安并且敬一袋烟。

李怀珠收藏的烟具可谓门类齐全，经过他的认真梳理，已细分为旱烟袋、水烟袋、烟斗、烟嘴、鼻烟壶和其他烟具等六大类，这其中，烟斗可是个外来品。

【同期声】李怀珠：烟斗是从国外引进来的，不同国家的烟斗形态不一样，后来在东北也有人使用了。

一件烟具代表着一个时代，而每件烟具的背后都有一段鲜为人知的故事，这些故事虽然饱经历史的沧桑，但至今听起来依然那么神秘，那么动人。

【同期声】李怀珠：过去蛟河烟是通过吉林市运往河北、辽宁、山东等地，可以说，吉林市是蛟河烟运输的中转站。抗日民族英雄杨靖宇当时带领抗日联军在蛟河、磐石一带抗击日寇的时候，到漂河都要带上几兜烟给部下或者战友。

收藏烟具让李怀珠一举成名，成为"东北烟具收藏第一人"，但是让更多的人了解关东烟，了解关东烟的文化内涵，却是李怀珠最初的愿望和最终的目的。

【同期声】李怀珠：现在我收集到的有关关东烟的图书、资料和照片，还有实物，共一千多件，这些东西都是可以真实记录和反映东北烟文化的历史发展过程，所以我想把所有的资料整理一下，出一本书，系统地介绍关东烟的种植、发展、演变等历史过程。

一件件烟具摆放在那里，看似无言，却静默成一段历史、一段回忆。

岁月的尘埃终将会被雨打风吹去，但如烟的往事却定格成一道凝重的风景，让人回想，让人回味……

（播出时间：2009年2月22日）

往事如"烟"(下)

在上期节目里,我们为您讲述的是有着"东北烟具收藏第一人"之称的李怀珠为何热衷于烟具收藏,以及烟具背后的那些鲜为人知的民俗故事。

今天的节目,我们继续带您走近李怀珠,共同去了解和感受他为烟具收藏所付出的努力和艰辛。

走进李怀珠的家,琳琅满目、形色各异的烟具令人叹为观止。鼻烟壶、旱烟袋、水烟袋、烟斗、烟嘴等被分门别类地摆放着,构成了一个千姿百态、异彩纷呈的艺术世界。从1993年至今,这些烟具曾在国内各种规模的展会中闪亮登场,也引起了各界媒体的广泛关注。

【同期声】李怀珠：我在合肥参加过全国烟标烟具展览，还在沈阳参加过东北民间艺术展览，吉林市艺术节、长春市冰雪节、蛟河市红叶节都把我的收藏作为地方民俗文化的内容向大家展览。另外，我的收藏门类比较齐全，并且有地方特色，引起了各地媒体的关注，收藏的事迹先后被《中国烟草报》《中国烟草杂志》《吉林日报》《江城日报》等新闻媒体关注，都比较详细地介绍了我收藏的内容和藏品经历。

李怀珠，这位与烟具收藏结缘的人，2004年被中国烟草博物馆聘请为研究员。正因为烟具超越了它原始的使用功能，提升了文化艺术性的这一独特魅力，才能使得李怀珠在寻寻觅觅中宁愿吃尽千辛万苦，却依旧初心不改。

【同期声】李怀珠妻子：一开始拿回家烟袋，我觉得新奇，不知道是买的，也没太关注，后来搞收藏得有财力和精力，得走访和探讨，我开始不太理解，李怀珠做我的工作，他说烟具收藏起来能让更多的人了解关东烟的历史，了解到漂河烟的辉煌，很有意义。

目前，李怀珠收藏的烟具已有一千四百余件，每一次收藏的背后都有一个令人感慨的故事。真可谓是"谁知寻觅间，件件皆辛苦"。

【同期声】李怀珠妻子：后来我们俩一起出去的时候，看到与烟有关的一些东西非常好，而且能反映当地关东烟文化内涵的东西，我们俩就会不惜一切代价，把这个东西买回来。

为扩大烟具的收藏范围，李怀珠的足迹除了遍及蛟河各乡镇村屯外，他还利用出差的机会到各地的旧货市场去寻找烟具。

【同期声】李怀珠：出差到外地，我经常到当地市场寻找烟具，去过北京的潘家园、天津的沈阳街、长春的古玩市场、吉林市的南马路、哈尔滨农贸一条街等，有的地方凌晨三点钟开始交易，我就凌晨三点起床，骑一个多小时自行车，到地方天还没亮，我打着手电筒去找和烟有关的物件。

随着社会生活的变迁，许多烟具已经逐渐地淡出了人们的视线，李怀珠收藏的烟具见证了四百多年的关东烟历史，给后人留下了一份珍贵的文化记忆。

【同期声】李怀珠：一个民族不能隔断历史，要有自己的文化，有地方特色，才有生命力。我在烟草公司工作过，又收藏这么多关东烟的资料、文化、图片，还有实物，这些东西都真实地反映了关东烟文化的发展演变过程，是一个珍贵的历史文物，是咱们的文化遗产。

如今，李怀珠收集整理的"漂河烟栽种技艺"以及"关东烟烟具使用习俗"已经被列入省市两级非物质文化遗产名录。

在蛟河创建一个烟具展览馆是李怀珠最大的愿望。在这里，让我们共同期待李怀珠的这个愿望能够早日实现！

（播出时间：2009年3月1日）

听老兵讲那些过去的故事

提起老兵，我们的内心都会激荡起一份崇敬之情，是他们用青春和热血，甚至是生命换来了我们今天的和平与幸福。

今天的节目，我们就走访一位老兵，听他讲一些弥漫着烽火硝烟的战斗故事。

家住河南街登场村的老兵曲延荣今年已经七十九岁高龄了，他曾参加过著名的"渡江战役""淮海战役"等，得知我们来采访，老人显得异常兴奋，滔滔不绝地给我们讲起了他亲身经历的战斗故事。

故事一：十三岁的娃娃兵

【同期声】曲延荣：我当兵主要就是因为有个宣传队，他们要找一个小孩儿，得会演，他们找到了我。我跟他们在一起生活了一个多月，这里演完了就要去别的地方继续演，我就得跟着走，我受他们的影响，感觉跟着宣传队挺好，一心一意就想着去当兵。当兵他们不要我，我岁数太小，然后演出部队的人就给我出主意："你想当兵你就等着我们走了以后你再撵着去，部队没有办法他就得留你。"正好赶上那年七月一，下午我就从家里偷偷地跑去了部队，跑了七十多里地才找到他们，他们一看我赖在那儿不走只想当兵，没办法就把我就留在了部队。

曲延荣老人在部队当过通讯兵、警卫员，后来又参加过很多大大小小的战役，战争给他留下的回忆是刻骨铭心的。

故事二：肩扛浮桥的营长

【同期声】曲延荣：我最难忘的一个人就是我们的蔡营长，他是战斗英雄。那时候有个浮桥，大家都往上走，就把浮桥踩断了，浮桥底下的水特别深，部队过不去怎么办，当时营长负着伤，腿被打坏了，但是他却跳到了河里，用肩膀扛着浮桥，让战友走过去，这一幕让我印象深刻啊。

故事三：忘不了的八连兄弟

【同期声】曲延荣：我在七连，他们是八连，他们的作用是一定要冲到前面，如果他们冲不上，后面的队伍也就上不去，整个战役就泡汤了，所以他们是最重要、最艰苦的，八连不行了，我们再上。八连有一百多人，最后只剩下八九个人活着，这个时候我们七连上了，一看我们前面的战友都牺牲了，当时连长就说："我们要替战友报仇！"所以一上午我们就把对方撑到了汉水地带，把他们困在了一个大山沟里，如果没有八连战友的牺牲，我们不可能取得胜利。

由于曲延荣的文化水平较高,他从战场一线被调入后方,当了一名誊写员,参与编辑并发行了当时备受官兵欢迎的《火箭报》。

故事四:放下枪杆拿笔杆

【同期声】曲延荣:当时在部队里很多人都找我写家书,因为我有文化,会识字、写字,所以就把我从战斗部队调到了师部,是当时的誊写员,当时的《火箭报》是为部队进行宣传的,我就负责写稿子,你看我中指手指头都弯了,就是当时写字写的,笔是铁的,时间长了手指头就弯了。

如今,曲延荣老人过着悠闲的田园生活,每当回忆起当年并肩作战的战友时,他的心情异常地沉重,对现在的幸福生活也更多了一份珍惜。

【同期声】曲延荣：现在我们这些解放前的老兵生活得都特别好，每个月生活费也够，现在国家都给我们老兵交医疗保险，一些费用如果是老兵，政府会给免。我有一次晚上做梦，梦到战友打国民党飞机，但是他牺牲了。我们活着的战友不能忘记牺牲的战友，应该想着他们，没有他们的牺牲哪有今天的幸福，我们应当珍惜现在的生活。

即使岁月不再峥嵘，时光也褪去了颜色，但老兵的故事却深深地根植于我们的心中，永不老去。它将不断地激励着我们要牢记历史，珍惜现在，开创未来！

（播出时间：2009年8月9日）

1946·烽火蛟河——蛟河记忆

　　今年是蛟河建县一百周年、撤县建市二十周年，可以说，在历代蛟河人的艰苦奋斗与不懈努力下，蛟河发生了翻天覆地的变化。抚今追昔，不禁令人感慨万千。

为此，《在我们中间》栏目精心策划了大型系列专题《蛟河记忆》，让我们从尘封的历史中感悟蛟河的沧桑巨变，见证蛟河的繁荣发展。

今年八十五岁的祁来进是一名曾获得过很多荣誉的退休工人，十五岁那年爷爷带着他闯关东落户蛟河城，如今，祁来进老人在蛟河已经住了七十年了，对于过去的老蛟河，老人至今记忆犹新。

【同期声】祁来进：我原来住的地方名字叫中城路，都是土路，小平房，特别落后的一个地方。有一家修车铺，有一家玉米店，一家成衣铺，还有一家小旅店。

在祁来进的记忆中，老蛟河城简单、破旧，也同样饱受着战争的侵扰，让他没有想到的是自己也能够参与到著名的"拉新战斗"中。

【同期声】祁来进：我当时二十二岁，部队来到这儿不到两天，我就听见有炮响，我就开门出去了。部队的人看到我就喊："老乡，能不能帮我们送送饭，到战场上。"我一听特别激动，就同意了。

在拉新战斗的烽火硝烟中，祁来进成了一名担架队员，负责运送伤员并且给前线的部队送水送饭。

【同期声】祁来进：来回送饭我都是跑着的，不跑不行啊，还不敢走最近的路，怕有敌军，我就绕到黄酒铺那边了，那边有条河，蹚过去就到了前线。饭送到后他们让我用最快的速度离开战场，他们怕我受伤。我就这样送了一阵子饭，后来说拉法解放了，部队的人都下山来吃饭，我就赶紧帮着准备，然后就看到三架飞机从我面前飞过去，来回扫射，可了不得。

在枪林弹雨中，生命是那样宝贵又那样易逝，采访中，祁来进老人满怀痛心地给我们讲了这样一件事。

【同期声】祁来进：以前有个土墙，土墙下面有个沟，沟不太深，但是里面都是当时战死的战士，还有两个负伤的战士在那里躺着，我看到之后就帮忙把他们送往当时疗伤的地方。我跟一个村民抬着担架，就听受伤的战士喊着我："老乡，慢点儿走，我疼。"等我们再走出一段距离，担架上就没声音了，我赶紧叫他，也叫不醒，鼻子上也没有气息，我当时眼泪就止不住地流了下来。

祁来进是一名共产党员，他对党情深似海，他亲历过"拉新战斗"，对军人有一种难以表述的情结，为此，他先后把三个儿子都送到了部队。

【同期声】祁来进：我年轻的时候没当过兵，你们替我去吧，没有中国共产党，没有解放军，就没有你们现在的好日子。

采访中，祁来进老人再三强调，人不能忘本！一有机会，老人就到"拉新战斗"的烈士墓去看一看。

【同期声】祁来进：现在见到墓碑我眼睛就疼，因为我亲眼见过他们为解放战斗的样子，见过他们牺牲，有二十多岁的，有十几岁的年轻人，有的连婚都没结就战死了，他们又为了什么啊！有时我做梦还能梦到当时的场景。所以没有这些先烈，就没有我们的今天。

如今，颐养天年的祁来进老人每天看书、下棋、侍弄花草，此外，老人还喜欢到处转转，蛟河的巨大变化，老人看在眼里，喜在心里。

【同期声】祁来进：现在的蛟河，高楼大厦，吃的用的都特别好了，还有的人大米饭、白馒头都不想吃了，想吃粗粮了，街上要啥有啥。所以大家都要好好地工作，把我们蛟河建设得越来越好。

面对着繁荣发展的蛟河，祁来进老人总有说不完的感慨，这种感慨凝聚着很多像祁来进老人一样的前辈们为了国家的和平、为了生活的美好所付出的青春和热血。

在纪念蛟河建县一百年、撤县建市二十周年的今天,让我们记住祁来进,记住"1946·烽火蛟河"!

(播出时间:2009 年 9 月 6 日)

追忆韩恩·1958"走向幸福之路"

在《蛟河县志》中，记载着这样一个人物——韩恩。韩恩原是新站镇保安村农民，20世纪50年代，他带头组建了全国第一个农村合作社，由此成为当时农村改革的杰出代表。他曾三次进京，受到毛泽东主席的亲切接见。

在庆祝新中国成立六十周年，纪念蛟河设县一百周年、撤县建市二十周年的今天，我们走进新站镇保安村，去追忆韩恩这位当时的全国劳动模范，去了解他组建的幸福之路人民公社。

如今，在新站镇保安村，村子里的年轻人已经很少有知道韩恩、知道50年代村子里曾经有过的那一段辉煌历史的了。

韩恩，1912年出生，

1932年从磐石迁到新站镇保安村。1947年春，他组建了全县第一个互动组，当年县粮食单产就比前一年增产30%。同年，他光荣地加入中国共产党。

在保安村，我们采访了七十二岁的原村会计田文祥和六十一岁的村支书赵万金。在他们的记忆里，韩恩可是红极一时的人物。

【同期声】赵万金：他去世的时候我才三四十岁，韩恩是村里出名的人物，是新站镇镇长，还是副县长，他建的互助组为村里解决了不少事。

【同期声】田文祥：韩恩为人很朴实，工作很认真，能吃苦，他虽然是镇长，但没有官架子。

农村合作社，是产生于20世纪50年代初的农业合作化运动，不管合作的方式和结构如何，合作始终是聚集力量、提高生产力的重要手段。

【同期声】赵万金：我自从加入了互助组，得到了很多实惠，生活也过得好了，组建这个互助组，对老百姓真是一件好事。

【同期声】田文祥：韩恩成立的互助组对村民的帮助很大，大家的生活质量提高了。成立互助组之后发现，还是比一家一户的力量大，大家凑一起能相互帮助。

在田文祥老人的讲述中我们得知，韩恩组建的互助组也在不断地进行着创新和完善，最终走向了幸福之路人民公社。

【同期声】田文祥：互助组就是把二十家的人组织到一块，初级社的户数就多了，好几个初级社联合起来就变成了高级公社，四个村社联合到一起。

说到幸福之路人民公社，我们不得不提到，由蛟河籍作家李培基写的《幸福之路》一书，较系统地介绍了蛟河县幸福之路人民公社的发展史。

【同期声】田文祥：互助组成立之后，上级领导也特别重视，经常组织人到这里参观。县、市领导都来过，还有过来拍电影的。国家还给发了新农具和拖拉机，村里的广播喇叭，在蛟河恐怕都是第一个安的。李培基当时写这部书在这里住了一两个月，后来就叫《幸福之路人民公社》。

新站镇保安村在走向幸福之路的同时，也成为全国学习观摩的地方，1950年10月，中央人民政府副主席宋庆龄、秘书长林伯渠来到保安村韩恩互助组观摩并合影留念。

【同期声】田文祥：当时宋庆龄来了，走访了不少农户家，我记得她对咱们东北人穿的大棉靴还挺感兴趣的。我们也感到很高兴，国家领导来了，说明对我们很重视，我们也感受到了领导的关怀。

1952年，韩恩带领社员战胜了历史罕见的大雹灾，取得了好收成。韩恩也带领参观团赴苏联参观学习，受到斯大林的接见。

【同期声】赵万金：韩恩去苏联考察时，了解了苏联农村的状况，带回了苏联的农业技术，发展了新站镇保安村。还带回来了苏联的大马，现在这匹马的后代还在。

《蛟河传》一书的作者，蛟河作家刘大成在提起韩恩这个名字时，显得异常激动。

【同期声】刘大成：韩恩在当时是全国特等劳动模范，中国第一个农村合作社、合作化道路，他是第一个做出表率的。

韩恩共有七个孩子，其中的小儿子韩玉伦仍然居住在新站镇保安村，作为低保户的他，处处受到了村里的照顾。

【同期声】韩玉伦：村里人很照顾我，盖房子的时候也是大队帮忙盖的，我很感谢他们。

获得过很多荣誉的韩恩已经于1987年病逝了，但他领导的互助组却成为全国农业战线上的一面旗帜，成为蛟河农业史上一段辉煌的记忆，让我们记住韩恩以及他带领农民所走过的"幸福之路"。

（播出时间：2009年9月13日）

红叶谷

在吉林省的长白山余脉,有一座新兴的旅游城市——吉林省蛟河市。

这是一座山水城市,拉法山国家森林公园坐落于此,覆盖全境。其间错落有致地分布着峰险、洞奇、林幽、石秀的关东第一奇山——拉法山;森林植被呈垂直分布,被誉为"第二长白山"的老爷岭景区;

国内距城市最近的原始森林——冰湖沟，也坐落在蛟河。这里古木参天，青苔迸翠，高山平湖，飞流直下，蔚为壮观。清康熙皇帝曾到这里巡游狩猎，见这里"古松林、数十里；荫之际，北亭午不见明月"，感叹之余赋诗一首："松林黯黯百十里，罕境偏为麋鹿游。雨雪飘萧难到地，啼鸟野草自春秋。"

蛟河更有被誉为"九山十二奇"的保安睡佛，东北最大的湖泊——松花湖三分之二的水域面积也在蛟河。

山之魂魄，水之灵气，塑造了蛟河的神奇与俊美。在蛟河这座天然花园里，红叶谷算是最有名气的了。

红叶谷是长白山余脉老爷岭的一条山谷，位于蛟河市庆岭风景区内，绵延五十公里。每年的金秋季节，这里红叶满山，如同落霞，非常壮观。

蛟河红叶谷除规模宏大外，景色也和一般地区的红叶不同，它具有其他地区无可比拟的特点。

在吉林蛟河红叶谷观赏红叶的最好季节是每年秋天的9月25日到10月10日，半个月的观赏期，对于一般的红叶观赏区来说是比较长的了。那么为什么在吉林蛟河会有那么美丽、观赏期又较长的红叶呢？

纬度高、霜期长是这里红叶色彩艳丽的气候优势，而地处长白山余脉和松花江流域交汇地区,树种种类繁多,又为这里在红叶观赏期中树木五彩斑斓的效果提供了地理优势。

红叶谷森林植被呈垂直状分布,从谷底到山顶可纵览千余公里植物的生长变化。其间错落有致地分布着针叶林、阔叶林、针阔混交林、岳桦林和高山草地。由于不同的树种对霜冻的反映不同,有的火红、有的橘红、有的金黄,还有的树种形不成红叶,仍旧碧绿,这也就形成了红叶谷色彩斑斓的独特景观,再加上这里的霜期较长,红叶经过霜冻的时间更长,使红叶的色彩也就更加鲜艳。金秋时节,漫山满谷之中,几乎没有两片树叶是同色的,就算是同一片叶子,也是枯黄中渗透着桃红,或丹红中掺着玫瑰的色彩,像天边的彩霞、高空中的长虹,耀眼,却又不失温柔。极目远眺,不禁使人想起"风吹仙袂飘飘举,犹似霓裳羽衣舞"的绝妙佳句。

红叶谷沟谷宽阔,日照充足,气候宜人,除迷人的红叶外,谷中怪石嶙峋,飞瀑跌落,流水潺潺,百鸟争鸣,不绝于耳。置身其中,仿佛步入仙境,令人心旷神怡。

蛟河的红叶谷更演绎着历史的深情与悲壮，在这满目皆红的红叶谷中，我们隐约还能听到那首"边关秋月圆又朗，戍边人儿思故乡，故乡有个红叶谷，谷中小路弯又长"的边关小调。蛟河籍抗击外寇将领杨凤翔殉国周年，回乡的八旗兵丁和死难者的家属聚集这里举行祭扫，一百余年前民众为英雄公祭的呼喊声仿佛仍在山谷中回荡。

历史的车轮进入20世纪30年代，红叶谷又成了抗击日本侵略者的战场。如今在这条百里峡谷中，研究人员发现了至少两处抗联密营。

这里曾是抗联密营，在这里我们依稀还能看到抗联战士们搭建的土炕、炉灶，用过的石磨，等等。据史料记载，当年在这座密营里居住的就是人称"双胜"的关东大侠——祁永全。

岁月流逝，如今红叶谷的红叶依旧，这里的红叶在历史的映衬下显得格外耀眼，红叶谷也因为这一段壮烈的历史悲歌而成为人们心中永远的记忆。

　　红叶满山，枫叶如丹。大自然给予了蛟河得天独厚的恩赐，被蛟河人充分地加以开发和利用。每年9月下旬，红叶红了的时候，中国长白山金秋红叶旅游节会在这里隆重举行，此时的红叶谷变成了一个节日的海洋。花团锦簇，歌声飞扬，片片红叶像一面面火红的旗帜，欢迎来自五湖四海的宾朋；一树树红叶更像一团团燃烧的火焰，昭示着蛟河人民如火的热情。

　　金秋时节，漫步在五颜六色的大自然中，你会感到自己仿佛置身于童话的世界。吉林省蛟河市的红叶谷带给人们的不仅仅是迷人的景色，更有都市中所没有的古朴、自然和原始的美好感受。

（播出时间：2009年10月8日）

关东风情——插树岭

　　插树岭村位于松花湖畔红叶谷中。淳朴的民风、浓郁的民俗文化、特色的民居民宅、迷人的传说，织成了一幅美丽的田园风光图。更有《插树岭》电视剧在中央一套及各地卫视上的热播，使这个不为人知的小山村名声大振。插树岭村紧紧抓住这一契机，迅速发展全村的经济、文化、旅游等各项事业，把一个特色的插岭村呈现在世人面前。

2010年9月17日,蛟河市松江镇插树岭村的村民们迎来了自己的节日——"第五届吉林·蛟河·插树岭关东民俗旅游节"。热情好客的插树岭村村民们早已准备就绪,以饱满的热情、周到的服务,让来到插树岭村的游客们感受乡村的温馨,尽享自然纯朴的"田园之乐"。

插树岭村历史悠久,民俗文化底蕴深厚。电视剧《插树岭》在此地的拍摄和在央视的热播,让村民的生活发生了翻天覆地的变化。影视效应带动了插树岭村民俗文化发展,以前的"龙王庙屯"也就更名为了"插树岭村"。

【同期声】松江镇政府法律顾问张福义:由于《插树岭》电视剧的热播,带动了我们村经济的发展,可以说村里发生了翻天覆地的变化,村民们也认为这个名字很有福气,所以就改叫插树岭村。

在这里游人可以置身于电视剧《插树岭》的拍摄基地,在这里还可以享受到自然的纯朴。以农家特色菜为主的庭院式旅游饭店,各种农家美食一应俱全。游人可以漫步在乡村小路,饱览自然美景;可以睡农家火炕,感受乡村温馨;还可以领略到异彩纷呈的山水美景。为了给游客一个更真实的体验感,插树岭村村民们对《插树岭》电视剧中的"马百万、喜鹊、牛得水"等角色的家进行改建、扩建，还原电视剧拍摄的原貌，在恰当位置悬挂剧照和演员回访照片，让人深切感受剧中的情节，用关东人的待客之道喜迎八方来客。

【同期声】松江镇插树岭村党支部副书记高成禄：我们这里有农家大院，还有最原始的东北美食烹饪做法，山上有林蛙，都是以老关东人的做法来做，可以让大家体会到正宗的关东风情。

穿过幽幽树林，踏上这片黑土地，"插树岭"这个名字如同陈年佳酿，令人回味无穷。曾经带给全国广大观众视听享受和心灵震撼的电视剧《插树岭》热映的势头已渐渐过去了，但是由此勾起人们对关东民俗风情文化的追求与向往却持久而浓烈。如今，插树岭村已然成为我们探寻关东民俗文化的一个重要窗口，在这里，我们可以深深地体验一次关东民俗之旅，感受关东大院散发着的浓郁的民俗文化韵味。

【同期声】松江镇政府法律顾问张福义：在关东大院里可以看见"窗户纸糊在外""养个孩子吊起来""十八岁姑娘叼个大烟袋"……

关东大院散发出来的关东民俗气息，真实地复制出关东旧影，保留这样一个旧址不仅仅是让更多的人来到这里体验关东风情，更多是要让后人们了解那段历史。

【同期声】松江镇政府法律顾问张福义：关东大院让年轻人了解上世纪30年代那段历史，自从有了这个关东大院，年轻人愿意去看了，无论是好奇还是游玩，总归对关东风情有了印象。

可以说，插树岭村经过五年的宣传打造，如今已是家喻户晓，旅游配套设施日臻完善。旅游业的发展还带动了当地相关产业的蓬勃兴起，插树岭村还成为了"红叶节"的重要组成部分。

【同期声】市旅游产业发展办公室主任石剑一：插树岭村的影响，从三个方面来说，一是带动了当地的经济发展；二是成功树立了一个让老百姓信任的品牌；三是成为红叶节中的一个重要项目。

"接天莲叶无穷碧，映日荷花别样红。"在影视效应和五届"关东民俗旅游节"的带动下，"插树岭"已经成为一个集关东民俗文化、农家乐特色于一体的知名品牌，是蛟河市乃至吉林省的一个亮点。我们有理由相信插树岭村的明天将会更加美好。

（播出时间：2010年9月26日）

大山里的美丽坚守

今年三十岁的李鸿雁,家住在蛟河市黄松甸镇,2006年从师范学校毕业后,以总分第一名的成绩,考入漂河镇下崴子村小学,成为这所学校唯一的一名住校教师。

【现场音】李鸿雁：我们在读这一部分内容时，在头脑中应该想象着天鹅的样子……

下崴子村小学，耸立在四个自然屯之间的一处高岗上，离最近的一个自然屯还有六百米的路程。这里不通电视，没有宽带能上网，当年和她一起来的有三名教师，另外两人在不到半年的时间内就调走了，而李鸿雁在这儿一干就是七年。

这间不足十平方米的小屋，就是李鸿雁老师一个人的家，普通的房间简单却也干净。

【同期声】李鸿雁：屋子就是小点儿，请坐。这儿信号不太好，所以也没安装电视，不过晚上听听收音机、批改一下作业也挺好的。这就是我的工作台，还可以吃饭。洗洗手，做饭，这桶里水总是满满的，有的时候不知道是哪个孩子做的，中午就帮我抬满了，都抢着干活儿，在我生活上照顾得非常周到。

【同期声】记者：那刚到这儿的时候就自己一个人住，害不害怕呀？

【同期声】李鸿雁：最开始挺害怕的，因为学校就在这高岗上，人烟稀少，有点儿什么动静就听得特别清楚。记得有一天晚上，那是我来到这儿以后第一次失眠，半夜的时候，我听到有那种像孩子哭的声音,后来我才知道那是猫头鹰的叫声,之后我也学到一些山里的知识,习惯了,也不害怕了。咱们这儿夏天蛇特别多,有时还进屋里来,有一次我晾完被回来,看见蛇就趴在门梁上,把我吓坏了。我们校长特别好,领着村民去收集一些驱赶蛇的东西,然后蛇渐渐地就少来村里了。

山村的夜晚来得特别早,寂静的校园里,只有李鸿雁的房间还亮着灯。一到夜晚,李鸿雁只有用写教案和为孩子补课来打发时间。

【现场音】李鸿雁:那它的千克数就是正数,以25为标准,它还正5,那你说,它是多少千克?

学生:30。

李鸿雁:对,非常好。那这个呢?

学生:不足千克数……

大山里的冬天太阳特别高,天空出奇地蓝,孩子们朗朗的读书声和欢笑声,是这个大山里最有生命力的音符。每个月最后一个周末,是李鸿雁老师回家的日子,而下崴子村每天只有上午一趟去蛟河的客

车，没有办法，李鸿雁只好搭乘顺路车出村。七年里，她坐过拉粮的、送货的各种车辆。

【现场音】李鸿雁：师傅你这往哪儿去啊？

　　　　　货车司机：磐石。

　　　　　李鸿雁：磐石啊，那我能坐你车到蛟河吗？

　　　　　货车司机：我走桦甸。

　　　　　李鸿雁：啊，那我就到横店子再倒车。

　　　　　货车司机：你回家这么麻烦，想办法往回调啊。

　　　　　李鸿雁：其实说句实话，这个地方可能谁都不愿意来，我也曾想走过，但是看到这里的孩子，我就有点儿舍不得了。

女儿回来是李鸿雁家最高兴的日子，母亲总是把好吃的留着等女儿回来才拿出来。

【现场音】父母：姑娘，你都待五六年了，调调工作得了。

094　在我们中间

李鸿雁：我可不调，都习惯了那儿了，再说学生也挺好，乡亲们都挺好的，毕业班我都带他们到六年级了，我也舍不得这群孩子。

父母：你不回来我们总挂念着，再说你这么大了，该成家了，我们当老人的还是希望能帮上你。

李鸿雁：咋了？怕我嫁不出去啊？哈哈哈哈哈……

因为要提早赶到蛟河坐直达下崴子的班车，第二天李鸿雁很早就告别了父母，踏上了归途。

【现场音】父母：不在家再多待一天了啊，姑娘？

李鸿雁：不能待了，耽误课不行，课是绝对不能耽误的，再说孩子们总是在这趟车的时间去接我，接不着我，多失望啊！

时间打磨着鲜活的记忆，空间定格着飞扬的想象。转眼间，李鸿雁已经在这里待了整整七年，不寂寞、不孤单、不想出去，那是假的，但一次又一次她放不下这里的孩子们，也正因如此，她把根扎在了这片大山里……

（播出时间：2011年7月24日）

老板妈妈与她的八个女儿

王郴春，市政协常委，一个拥有十一家药店的医药企业老总。近年来，她为我市三百多人解决了就业问题，在她的企业里，老板与员工和谐相处，处处体现着浓厚的企业文化。今天为您讲述的就是王郴春这个老板妈妈和她八个女儿的故事。

这是蛟河市春萍医药有限公司举办的一场新年联欢会,在这次联欢会上,几个年轻的女孩儿即兴演唱了一首歌曲,献给她们的老板王郴春,一时间,感人的歌声打动了台下所有人。

【现场音】歌曲:感恩的心,感谢有你。伴我一生,让我有勇气做我自己。感恩的心,感谢命运,花开花落,我一样会珍惜。

王郴春是我市春萍医药公司的经理,她的这些"女儿"都是企业里的员工,在平时的工作和生活中,那种母女深情在她们心里萌发,并深深蔓延……

每年农历大年初二,都是王郴春最高兴的日子,这一天她的"女儿"们都会准时来到她的身边给她拜年。

【同期声】王郴春:这些孩子刚来的时候吧,特别拘谨,放不开,我就把大家聚到一起,跟她们谈心,一起吃饭啊,组织她们团建,慢慢地,她们和我就熟悉起来了,彼此之间也无话不谈了,我也要求她们互相交流业务、一起学习进步。

从此,王郴春和这些孩子们建立了深厚的感情,工作之余,她喊这些孩子为"姑娘",这些孩子也习惯地叫她"老妈"。

【同期声】周萍:我家里是农村的,那时候刚来城市,业务也不懂,生活也不是很习惯。王总就主动找我谈心,了解我的情况,安排我的住宿,给我拿衣服、拿被子,就像妈妈一样关心我们。她还组织我们大家一起学习,请老师教我们业务知识。

【同期声】李梅:有一年冬天我们住的房子停水了,王总了解情况后不仅给我们送来了水和食物,还让我们去她家住,给我们梳头,晚上睡在一张床上,陪我们谈心,这件事让我特别感动。

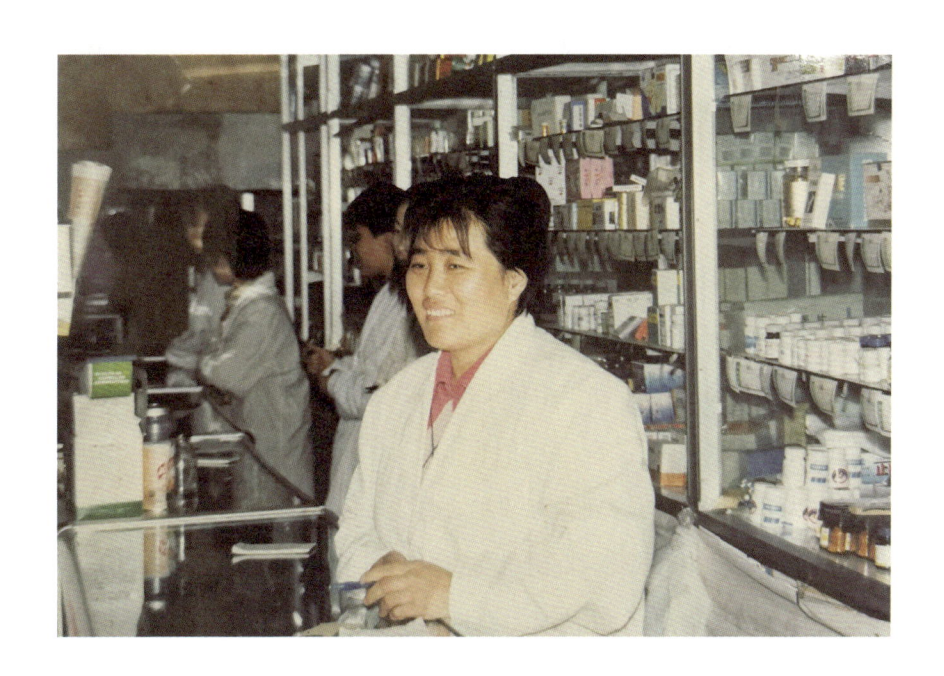

【同期声】王郴春：她们在我眼里就跟自个儿姑娘一样，平时看她们受了什么委屈，我就可不得劲儿了，她们大多数家里条件都不是特别好，我能帮一下就帮一下，她们结婚基本都是我给张罗的，既要办好，还要少花。

当初这些员工最小的只有十八岁，最大也不过二十三岁，都是爱玩儿的年龄。王郴春给安排了免费住宿，并且像照顾自己的孩子一样照顾她们。一日三餐，她也给员工准备得很丰盛，鱼和肉轮换吃，此外，还有餐后水果。

作为春萍药业的管理者和"主心骨"，王郴春丝毫没有管理者架子，员工们心里有了烦恼都会找她这位妈妈说说。每遇员工婚丧嫁娶、生病住院或家庭出现意外情况，她总是亲自上门探望和慰问，像亲人一样嘘寒问暖，把集体的温暖和团队的关怀及时送到员工的心里。

如今，这些姑娘们有的结婚生子远嫁外地，有的依然在这里工作，但是她们对王梆春这位妈妈的记忆是永远也抹不去的。

【同期声】王梆春：我也想过小富即安，但是我身后还有这么多员工，这么多家庭，我得对他们负责，把企业做好、做大，只有企业发展好了，才对得起员工们的期望。我认为工作不是一种任务，工作是快乐的，只有努力工作才能过上快乐的生活，我倡导快乐工作、快乐生活。

如今，事业上获得成功的王梆春，没有忘记她生活的热土。在二十多年的创业中，她事事想的是群众，处处为父老乡亲着想。每年春节，她都要到敬老院看望生活在那里的老人们，看望有困难的乡亲们。2010年，我市发生洪灾，她带头捐款捐药。这些年来，王梆春用于社会公益事业的捐助超过一百万元。

（播出时间：2012年7月26日）

祭　江

　　王大本现在的职业是一名法律工作者，同时他又是满族文化的研究者，从 2004 年起，每年一度的蛟河市文辉渔场祭江仪式都是由他策划的。

祭江是世居松花江畔以渔猎为生的满族人古老的传统习俗，它反映了渔猎人希望捕捞获丰的美好愿望和誓夺丰收的勇气与决心。

每年春季，松花江冰面解冻后，下江捕鱼前，渔民们都要摆上供品，齐聚江边，迎神、上香、敬酒，祈求龙王、江神保佑他们一年平安。

2004年春天，王大本第一次开始尝试操办祭江活动。

【同期声】王大本：2004年是中国的甲申年，这是我编制的《甲申祭江活动安排细则》，这里详细记载了祭江活动的的流程和模式。这是我通过查阅有关资料和走访了解到的过去的老渔民，在进行整理的祭文里是这样写的："爱我中华，我敬炎黄，文化灿烂，艺术辉煌，甲申祭江……"

当年王大本策划的祭江活动共分两个部分，一部分是举行祭江仪式，另一部分由祭江人抬着香案、公猪到江边祭坛。

【同期声】 吉林市满族联谊会理事傅晓义：祭江最重要的礼仪是献牲。献牲就是杀猪以飨神，飨神就是用最肥的猪宰杀上供，这是满族人祭祀自己祖先时才献的供品，由萨满和网达向江里倾倒猪血，表示用肥猪送给江神享用。关东渔民对献牲有种流行说法："猪小神乐，猪大人乐。"

萨满渔民祭江，按照满族的传统习俗，都是由本姓氏的萨满来主持的。满族萨满祭祀活动，是满族古老传统文化的核心。

【现场音】 祭文：天和之水，奔腾流淌，生灵万物，为我护航。春秋平安，冬夏吉祥，宏图致远，乌拉安康……

在祭江仪式上，还有一个重要的环节就是醒网。

【现场音】祭文：网啊，你已歇了一冬，睡了一冬，现在开江了，要打鱼了，你该醒醒了。

醒网是指渔网放置了一个冬天了，像人睡觉一样，现在要使用了，应该叫网醒一醒，网醒了才好使用，才能多打鱼。

醒网一般由网达主持，网达是指捕鱼的领头人，当网达"唤醒"渔网后，沉寂了一年的渔网就可以捕鱼了。

松花江沿岸开江食鱼的传统，可以追溯到一千年前契丹人建辽时期。而古人在泛舟捕鱼之前，都要进行这种神秘的祭江仪式。

【同期声】吉林市松花江文化研究所研究员关云蛟：满族祭江由来已久，体现了千百年来人们对大自然的敬畏之情和人们对丰收的期盼。其实在普通的渔民中间，人们祭江有的在江边进行，还有的在龙王庙上烧香祭供，或者在江边用石头搭个象征性的小庙，供上猪头及白酒，插上香，然后众人一起叩头祈祷。

满族祭江仪式又分为官祭和民祭两种。根据文献资料记载，在吉林省举行的大规模官祭活动，是在康熙三十七年（公元1698年），至今已经时隔312年了。

【同期声】吉林市松花江文化研究所研究员关云蛟：文武群臣穿上祭祀的圣装，打着八旗，到江神庙去进行松花江大祭，祭祀天河，场面非常盛大。

2010年5月6日，在蛟河市爱林度假渔港举行的"第五届中国吉林松花湖开江鱼美食节"开幕式上，便上演了依照古代官祭形式举办的松花江祭江活动。

在乾隆皇帝第七世孙爱新觉罗·恒绍宣读由乾隆皇

蛟河市文辉渔场祭江画面

帝亲自撰写的祭文后，全场人员对松花江神进行三拜礼，保佑吉林乌拉（满语，意为"沿江的城池"）风调雨顺，五谷丰登，开江鱼年年都有，样样都齐。随即数名穿着满族传统服饰的神职人员有节奏地打起了满族特有的手抓鼓，身穿彩衣、头戴鹰头面具的萨满也晃动腰间的牛角形铜铃，跳起萨满舞，在江中心取得圣水。圣水取回来后，萨满将祭品洒入江中，以此来祭奠江中的神灵。

【同期声】吉林市松花江文化研究所研究员关云蛟：第一，古代官祭代表当时朝廷和满族人对松花江的敬畏、感恩和致谢。第二，告诉世人，要更好地爱护这条江。

106　在我们中间

松花江，满语叫做"松阿里乌拉"，意思是"天河"。人们对这条发源于"神山"，又维系着生计和希望的江河，一直保持着敬畏之心，

用祭江这样的仪式传达着人类对自然的敬重和理解。

在敬拜和祝福声中，渔民们撒下第一网，期待着预示今年收成的开江鱼。

（字幕：2008年"萨满祭江"被列为吉林市第一批（市级）非物质文化遗产名录）

（播出时间：2012年10月13日）

"海归"女猪倌

在蛟河市黄松甸镇黄松甸村,有一座占地面积六千平方米的猪场,是赵林飞的生态猪养殖基地——蛟河市林鑫牧业有限公司。不过当地人还是习惯把这儿称作"海归女猪场"。这主要是因为赵林飞特殊的身份——"海归"女。

【同期声】赵林飞：我是 2010 年从美国回来的，当时家里的亲戚和朋友都不理解，认为学也留了，当时我任职于美国迈阿密市希尔顿酒店，每个月的薪酬两千美元，而且工作环境特别好，因为我吃苦肯干，在那儿做管理层，老板也很赏识我。

赵林飞原本是一个普通的农村女孩儿，2003 年从大连交通大学国际商务学院会计专业毕业后，远赴荷兰斯坦顿大学深造，成为当时村里的骄傲。这期间，赵林飞对荷兰的现代农业产生了浓厚兴趣。2008 年，她被美国迈阿密市希尔顿酒店聘请为部门主管，但她念念不忘回国创业。

【同期声】赵林飞：我在美国三年。其实，我能够放弃美国工作回来，主要是和我在荷兰学的现代农业有关，尤其我在美国工作的时候，受到欧洲有机农业的启发，回来就想做一些相关的事情。我们家也是搞传统养殖的，这样的话，正好回来也算帮帮父母，把自己家里的这份事业打理一下。

赵林飞的父母都是黄松甸村的农民，二十年前就开始养猪，尽管养殖规模不大，但收益也算可以。

2010 年，赵林飞要放弃美国优厚的待遇，

回国搞生态猪养殖,这个想法当即遭到了父母的坚决反对。

【同期声】赵林飞父亲:她说要回来养猪,当初我是不同意,因为山里的孩子,想让他们有出息,就是要他们走出去,读了大学回来养猪,那太没有面子了。我是养猪的,养了十几年的猪了,辛苦不说,也没赚到多少钱。

在父母的眼中,养猪是最没有前途的事情,村里几乎家家户户都养猪,没看到谁把养猪干成事业。

【同期声】赵林飞母亲:亲戚朋友都不理解,周围的邻居也都不理解,说是念书念这么多年,回来的话还干农业,就好像没发展。

尽管父母不理解,但毕竟就这么一个孩子,女儿执意要做的事情,父母也只好顺从。

对于"村上的骄傲"一下变成"猪倌",村民们看法不一,有人说这是人才的浪费。但也有人认为,赵林飞不是简单的"猪倌",是懂得科学养殖的现代饲养人。

【同期声】赵林飞：这一片都是我新建的，这是办公区，这是猪舍，现在存栏五百多头。我建这个猪场，付出太多了，饲养生态猪需要很大的投入，我从国外回来也没有多少钱，我遇到的第一个困难就是资金不足。因为养殖业的高风险性，而且当时银行又不给贷款，没办法，我只好向亲戚朋友借钱。

生态猪的关键问题是要有可靠而稳定的饲料来源和饲养技术，赵林飞决定自己投资加工饲料。为此，她先后拜访了多位微生物学方面的专

家，终于，在中国农业大学黄维浦教授的指导下，她与新站镇甜黏玉米专业合作社合作，生产以甜黏玉米秸秆为主的生物秸秆饲料。

【同期声】赵林飞：这是去年公司首批生态猪出栏时拍的镜头，这位就是吉林的刘老板，他是我的第一个客户。

至今她还记得第一位客商上门买猪的情景。

【同期声】赵林飞：给他送到指定地点，他觉得这么大的猪一定会很肥啊，然后他就不想要了。我说你杀了吧，如果要是肥的话，你给我送回来。结果他就把这头猪杀了，请了亲戚朋友吃了。他朋友就说这比原来农村的笨猪肉好吃多了。就这样，这位客商当场决定购买三十头生态猪，并要求签订常年供销合同。

目前，赵林飞的林鑫牧业年出栏生态猪一千五百头，猪舍面积达一千二百平方米，生态猪肉每市斤售价七十元仍供不应求。

【同期声】赵林飞：这就是我的礼品包装盒，里面是分割好了的，有排骨、猪蹄，还有各个部位的肉，都是第一时间进行塑封的，保证新鲜。

精益求精的生产标准，加上别出心裁的养殖方法，让赵林飞的无公害生态猪肉一经推出就大受欢迎。今年上半年，即便是在猪肉市场不景气的情况下，赵林飞的养猪场也有很高的盈利。

如今，赵林飞的无公害生态猪逐渐在当地打响了品牌，但她仍不满足，要在吉林市中心建一个大的品牌经销门店，再把门店扩散到社区，还要开通网上订购配送服务。谈到自己的理想，赵林飞早已有了规划，她要把自己的无公害生态猪肉送进千家万户的厨房里，这就是她最大的愿望。

（播出时间：2013年7月13日）

盲人豆芽

清晨，河南街小区，庄保清所住的居民楼屋内亮着灯，庄保清和老伴儿在忙碌，女儿早早地起来，收拾书包，准备上学。

对于庄保清、张玉香这对盲人夫妇来说，每天早晨要做的第一件事就是将生好的豆芽按每袋一斤的份量分装入袋中，然后拿到早市上去卖。

【现场音】张玉香：女儿，跟你爸卖豆芽去吧。

庄旭：好。

庄旭是庄保清、张玉香夫妇俩唯一的女儿，今年十七岁，在蛟河市第二高级中学读高三。

【现场音】庄保清：你去把衣服穿上，外面冷。你妈熬的粥。

庄旭：不吃了，带个馒头就行。

庄保清如今居住的这间楼房，是夫妻俩为照顾女儿读书在学校后面租住的，女儿到学校直线距离不超过一千米，庄保清觉得这更方便女儿读书。

【现场音】庄保清：中午吃土豆行不？

庄旭：行，我喜欢吃。我到学校了，爸你走路小心点儿。

庄保清：行，好好。

从家里出来到蛟河早市，需要穿过三条马路，过一座桥，这对一位盲人来说，似乎很艰难，但庄保清却走得很顺畅。

【现场音】庄保清：豆芽了，纯笨生豆芽了啊！

市民：来了，你往那边靠靠。

庄保清：给你留着地儿呢，今天要多少袋？

市民：两袋，这是六块钱啊，正好的。

庄保清：哎好好，谢谢啊。

庄保清：豆芽啊，笨生豆芽。

对于常逛早市的人们来说，"笨生豆芽"的叫卖声更像是一个信号，似乎在告诉人们"盲人豆芽"今天上市了。

【同期声】庄保清：昨天没来，刚生的，来两袋。

旁边的商户：老庄我告诉你，下次再生，别等芽儿长这么长了再出锅，寸芽就行，那样好吃。

顾客1：我是你的老主顾了，豆芽是我家的一道主菜。

顾客2：这豆芽干净吗？

顾客1：干不干净我都买，他的事迹感人，两口子一对盲人，靠卖豆芽供一个女儿读书。

庄保清的豆芽卖得很快，大约一个小时的工夫，五十多袋豆芽就已经基本卖空。

庄旭所在的高三年级，每天早上六点钟学生们陆续开始了早自习，七点到七点半是住校生早餐时间，而庄旭总是用这段时间，或者回家看一看父母，或者去市场接一下父亲。

【同期声】庄旭：爸我接你来了，今天卖咋样？

庄保清：今天卖挺快，都卖了，还有两袋，袋坏了，我没卖。

庄旭：好了，爸你自己上楼吧。

庄保清：又不吃饭了。

庄旭：我吃两个包子就行，走了啊。

庄保清：慢点儿啊，放学早点儿回去。

庄保清的妻子张玉香负责生豆芽，她每次泡五斤绿豆，每周生三次，每次装五十袋。

【现场音】庄保清：不能多生，生多了就不好卖了，也想给大单位搞搞批发。

张玉香：可是咱也没人，联系不上。

庄保清：好在市场上的人都认识我了，信得着我。

张玉香：这就不错了，这两年俺们全家就靠这豆芽活着，你看一天五十斤，刨去成本、水电费也能赚个三十多元，再加上俺们俩都有社会救济金，也够用。

张玉香生豆芽的手艺娴熟，什么时候浇水、什么时候出锅，每道工序都拿捏得恰到好处。

整个下午，庄旭显得很郁闷，揣在兜里的钱包上体育课时不小心不见了。

【现场音】同学：身份证是小事，挂失再补办呗。

庄旭：可我钱包里还有钱呢，是班费。

同学：多少啊？

庄旭：七十元。

同学：唉……你咋那么不小心呢！

【现场音】庄旭：跟你们说个事，我把班费钱丢了。

张玉香：多少钱啊？

庄旭：七十。

张玉香：你咋不丢七百呢！你爸出去卖豆芽多不容易啊！

母亲的话语并没有给庄旭带来一丝安慰，反而让她更加委屈，女儿摔门而去，让庄保清夫妇有些始料未及。七十元钱，对于这个家庭来说，是一笔不小的数字，他们卖一次豆芽最多也就赚三十多元，但他们决定把班费钱补上。

【现场音】庄保清（摸着进屋找钱）：昨天买完药还剩了五十元。

　　　　张玉香：剩啥了，早晨收水费了，上床头的盒子里去拿吧，那儿有我攒着还饥荒的钱。

【画　面】庄宝清在数钱。

【现场音】张玉香：咋的？你还要现在就把钱送去？

　　　　庄保清：要不她能上好课吗？

【画　面】庄保清来到学校。

【现场音】老师：庄旭平时挺优秀的，这点儿事，你还跑来一趟，我叫人喊她去了。

庄保清：从小到大，我从来不让她在钱的事上为难。她从小就靠别人接济，我常鼓励她，班里集体的事、爱心捐款的事上，一定要舍得。要团结同学，要有爱心。

老师：庄旭在我班各方面表现都很好，她丢钱的事，我真不知道，我去叫她。

此时，庄旭怎么也没有想到，父亲能够追到学校给她送钱，她心里的委屈化为无限感动。

【现场音】庄旭：爸，我错了，我不该当着你和妈妈的面摔门，我们班同学说了，这钱不要了。

庄保清：不行，这钱是你弄丢的，你就应该先给它补上，做人你要学会担当。

今年的冬天冷得早，进入 11 月份，几场寒流让早晨的气温降到了零下，逛早市的人也明显减少了。庄保清的豆芽销售也自然慢了许多，八点快撤早市的时候，还有几袋豆芽没有卖出去。

【现场音】老廖：老庄啊，是我，老廖，还剩几袋啊。

庄保清：六袋。

老廖：我都包了，快回去吧，天怪冷的。我分吧分吧大伙儿吃，不过，老庄我跟你说，好几次我都观察了，你这豆芽根发黑，而且越放越黑，我琢磨这是你家水的事，你用啥水？

庄保清：井水。

老廖：还是井水的事，你得抓紧改一下，要不这豆芽不好看，那不影响生意啊？

老廖的提醒，增强了庄保清要重新打一口深井的决心。回家的路上，老廖让他的打井计划抓紧实施。

【现场音】老廖：这口井几米深？

庄保清：不到六米。

老廖：太浅了，这能行吗，都是地表水，你怎么不得削三十米深啊。老庄啊老庄，你说咱俩多年关系了，有个啥难事了，你咋不找我呢，老伴儿挺好吧？我看看去，光知道你们搬家了，不知道搬这儿来了。

庄保清和老廖是发小儿，这次偶然相遇，倍感亲切，老廖提出帮庄保清想办法挖深水井。

【现场音】老廖：孩子多大了？

庄保清：都上高三了，这不在这儿租的房子，寻思能离学校近点儿。

老廖：你那水井不能拖了，赶紧找打井队打井，我明天把钱给你送来，别跟我谦让，就算我借给你的行不？

每天晚间八点，高三年级晚自习结束，庄旭和她的同学总是最后一批离去。

【现场音】同学：以后上大学，你爸妈怎么办啊？

庄旭：带着呗。

一大早，老廖带着三千元钱来到了庄保清家。

【现场音】老廖：这是三千，我找人凑的，你先拿着，要是不够再联系我。

庄保清：谢谢啊，谢谢。

老廖（边推车边和记者说）：我跟老庄从小就认识，能帮点儿是点儿，也没打算让他还这个钱。

几经周折，庄保清找到了一家打井队，听说是一对盲人夫妇要打井，老板破例，三千元的打井费全免。

【同期声】打井队老板：我看他为了维持生计，自己生点儿豆芽换点儿钱，这种精神很值得人学习，虽然残疾，但他自力更生，所以我也不算成本了，就给他把井打了吧。

不到三个小时，二十六米深的深井已经打完，清澈的井水让庄保清夫妇感到很欣慰。

【现场音】张玉香：来水了，哎呀这水好，快来接。

庄保清：我赶紧去把老廖大哥的钱还给他，谢谢这帮好心人啊！

今天，庄旭没有去上课，连续几天的忙碌让张玉香的高血压病犯了，庄旭打算陪母亲一天。

【现场音】庄旭：妈，你感觉头疼吗？

张玉香：有点儿不舒服。

庄旭：打这么多天针，手都打坏了，我听我同学说，吃花生泡醋降血压，要不咱也试试？

张玉香：试试吧，让你爸卖完豆芽给捎回来一袋花生吧。

庄保清：丫头你回去上课吧，爸回来了。

庄旭：我今天不去了，老师给我放假了。

庄保清：去吧，咱家跟别人家不一样，没有好心人帮助咱们，咱们家过不到今天，你以前不经常说长大也要帮助那些有困难的人吗？你只有好好学习，才能改变咱家、帮助他们。

张玉香的身体一天天地好了起来，庄保清决定带她去室外走走。

【现场音】张玉香：等孩子上大学了，咱们俩怎么办啊？

庄保清：那天孩子跟我说了，等她上大学带咱俩去。

张玉香：我可不去，我不能拖她后腿去。

庄保清：嗯，现在咱俩能养活自己，孩子以后能自己养活自己就行啊。

庄保清：豆芽了——笨生豆芽了——

周六晚上没有晚自习，庄保清和庄旭一起去夜市卖豆芽，今天带去了三十袋豆芽，直到晚间七点，夜市散市的时候，还有十袋豆芽没有卖出去。

生豆芽的豆子要没了，庄保清打算下乡收购一些，他坐上了开往池水乡登场村的汽车。在搬到蛟河之前，庄保清的生活印记都留在了登场村，他在这里种过地，卖过货。1990年，也在这里认识了同样是盲人的张玉香。

【现场音】村民：这不保清吗，这么冷的天还过来了？

庄保清：老于大哥啊，我来收点儿豆子。

村民：行，我给你找豆子去。

下午，在好心人的帮助下，庄保清收购了半袋绿豆。

今天是庄旭的生日，晚自习一下课，同学们就给庄旭准备了生日蛋糕。晚上回家，张玉香给庄旭做的生日面，一家三口幸福地吃着。

【同期声】庄旭：今天是我特别幸福的一天，我这么晚回来，爸爸妈妈还给我准备了生日面，别的孩子一定要有生日礼物才是过生日，可我有这碗鸡蛋面，就觉得它比任何山珍海味都要美味。吃面的时候，我想起了很多小时候的事情，爸爸每天都风雨不误地送我上学，放学还来接我。有一次，外面刮着很大的风，下着很大的雪，爸爸去接我的时候告诉我，"你到我后面来"，爸爸虽然看不见，但他依旧护着我长大。

像往常一样，庄宝清依旧起得很早，冷清的市场上，回荡着"笨生豆芽"的叫卖声……

又一桶豆芽可以上市了，张玉香艰难地挑着豆芽里的杂质……

还有一百八十天就要高考了，庄旭的学习变得更加紧张……

今天是二十四节气中的"大雪"，俗话说，"小雪""大雪"又一年……

（通过报道，一些爱心人士向庄宝清夫妇伸出援助之手，蛟河市一家企业主动联系庄保清订购豆芽。）

（播出时间：2014年11月15日）

冯其永的奋斗

【同期声】冯其永：前面就是老爷岭村，我是1991年离开老爷岭的，那时候我才二十岁，当时在我们村像我这么大的都出去打工了，我也就出来了。

这个相对闭塞的山村叫新站镇老爷岭村，也是冯其永的家乡。冯其永如今是吉林市永鹏农副产品开发公司的董事长。

二十年前冯其永是从这个村子里走出去的，二十年后的今天，他成了这个村子里最受尊重的人之一。

【同期声】冯其永：这是我的家乡，现在也是我们公司有机杂粮种植的一个基地，我们这里山地多，种植杂粮有悠久的历史，我从小就是吃着杂粮长大的。

【同期声】村民：借他老光儿了，他在俺们村成立了这个绿色杂粮种植合作社，让俺们的粮食卖上了好价钱。

【同期声】冯其永：现在村里的人都说借我老光儿了，其实我是借了老爷岭村的力，我公司现在生产的杂粮就是"老爷岭"牌，我刚到吉林市打工那会儿，就是靠卖杂粮起家的。

冯其永这次回乡的目的很简单——走访订单户的杂粮收益情况，以便做好明年的种植计划。

老爷岭村是冯其永二十八个有机杂粮种植基地的其中一个，也许是出于家乡情结，老爷岭村始终享受着公司最优惠的粮食收购政策。

【同期声】冯其永：这张碟片里的画面，是我当初在吉林打工，一位电视台记者采访我时拍下的。

最初在吉林打工的日子，冯其永是从乡下收购各种杂粮，在市场摆摊儿卖杂粮干起的。

【同期声】冯其永：当时为了收粮，可以说吉林市周边的各个村子我都跑遍了。这辆自行车是我主要的运输工具，那时候收粮每天赶七八十里山路是常事儿，碰到这雨雪天，自行车后面还得驮二三百斤粮食，那真是受老罪了。现在回想起来，我觉得我最对不起我妻子，那时候，她怀孕七八个月，每天挺着大肚子，还和我一起蹬三轮车到市场练摊儿。那时候杂粮不像现在这么好卖，城里人还不咋认杂粮，买杂粮的少，也就是煮个绿豆粥啊，包个豆馅儿啥的。

范志强夫妇是冯其永过去在市场练摊儿时结识的朋友，这些年冯其永做起了粮食加工企业，范志强夫妇仍旧经营着杂粮商店。

【同期声】范志强：五谷杂粮，酸甜苦辣，可以说这些年冯其永都经历了。那时候来货，他也雇不起人啊，十几吨的货就他一个人卸。为了多卖一些货，多拉一些客户，无论客户住几层楼，他都爬楼梯送货到家，说起来也怪，老百姓都愿意买他的杂粮。

【同期声】冯其永：那时我经营的杂粮就挺全了，小豆、黄米、高粱米，就小米子来说，我就有白小米、绿小米、黄小米，那些粮食，只要过一下我的手，我就知道"几个水"，成色咋样。

松江路市场旁的这间平房是冯其永来吉林市创业时租的第一间门面，也正是从这间小店开始，冯其永有了做大杂粮生意的梦想。

【同期声】冯其永：这是在吉林立足后，我租的第一间门面，开的第一家粮店。当时有了这家门面，我觉得我这几年的打拼成功了，再也不用风吹日晒了，有了这个固定的地方，农户可以送货上门。

杂粮进超市卖场的销售策略让冯其永的杂粮销售全线飘红，也让他看到了小杂粮背后的大市场。

这些年冯其永养成了一个习惯，就是闲暇时喜欢逛商场，一些好的市场销售策略就是他在闲逛市场时发现的。

【同期声】冯其永：你看这是八宝米，我敢说，八宝米在吉林市的市场我是第一个开发的。当时，我也是在逛超市时看到一个老太太在柜台上买了八样米，说是回家做八宝饭，当时我脑子里就有了一个念头，用杂粮搞深加工，做八宝米卖。我买来现成的八宝粥倒到碗里，仔细琢磨其中的粮食品种及搭配比例，亲自下厨煮来尝。几番尝试，就这样，八宝米终于被我研制出来，现在市场上的八宝米多数是我们公司生产的。

如今冯其永的杂粮不仅进入了超市柜台，他还坚持走品牌连锁之路，仅在吉林市，加盟连锁店就达到了一百二十家。

【同期声】冯其永：我想让老爷岭农产品在全国开花，这是我的愿望。

今年10月，冯其永新上的通心粉加工生产线正式投入使用。通心粉是他研发并获得专利的产品，是用小米、黑豆等杂粮为主要原料生产制作的，如今这一产品已经卖到了国际市场。

【同期声】冯其永：你在百度上搜索"中国杂粮网"，这就是我开办的，当时我为什么要开办这样一个杂粮网，我的想法很简单，就是网罗全国大江南北五谷杂粮，让杂粮经营者、生产商抱成团，把杂粮做成品牌。

"中国杂粮网"是冯其永创办的一家专业的杂粮网站，当初他创办这家网站的目的很简单，他励志做中国杂粮行业的推广商，现在网站已经吸纳了全国三百多家

粮食加工企业，大家在网络平台上推广与交流。

【同期声】冯其永：我国是杂粮王国，是世界上最大的杂粮生产和出口大国，我觉得，如今杂粮产业已经迎来了它发展的"黄金期"。我开公司一年的销售额是1.5个亿，那么全国有多少做杂粮的企业，杂粮就有多大的市场。

冯其永如今发起成立了吉林杂粮协会，他还是全国杂粮协会的常务理事，每天更多的时间关注的是全国各地杂粮市场销售情况。

【同期声】冯其永：过去，国家困难，人们吃杂粮是为了填饱肚子，那时在人们的观念里，吃杂粮是生活条件差的标志。现在，人们吃杂粮，是因为杂粮营养丰富、保健性强、药食两用等优

点，所以我说杂粮的发展前景是广阔的。

这时，冯其永接了个电话，这个电话是天津的一位经销商打来的，五百吨发往利比亚的大米订单刚刚发货，经销商又紧急补订了五百吨的大豆合同，这让冯其永显得有些忙碌。

有着二十多年创业经历的冯其永熟练自如地经营着自己的事业。对他来说，事业做得再大，收入再多，仅仅是个数字，比数字更有意义的是回报社会。

【同期声】冯其永：当企业做到一定规模的时候，会有一种社会责任，有义务带动身边的人一起富起来，我很鼓励我的员工去创业，共同富起来。

杂粮改变了冯其永的人生，杂粮也让他在追梦的路上充满了无限的希望。

（播出时间：2015年5月7日）

山上的女人

奶子山街的人们习惯将这里称作"山上",邵丽华家是住在山上的唯一一户人家。

【现场音】邵丽华:张政,快点儿的!我打着火,你快出来。

十年前，邵丽华离婚后便和孩子搬到了这里，一个人撑起了这个家。

【现场音】邵丽华：没落下啥吧？
　　　　　儿子：没有。
　　　　　邵丽华：那走吧！

邵丽华的儿子张政从小患有白化病，今年十一岁，在山下的镇中心小学读书。每天邵丽华的首要任务就是送儿子上学。

【现场音】邵丽华：儿子，这是今天的午饭，都吃了别剩下，听见没？
　　　　　儿子：嗯哪。
　　　　　邵丽华：因为他视力不好，我不太放心，再忙也得送。

在人们眼里，邵丽华是一个坚强的母亲，更是一位能干的女人，为了生活，她打过工，卖过菜，到矸石山捡过煤块，不放弃一切可以挣钱的机会。

【同期声】邵丽华：我离婚之后就领着孩子到山上来住，住这个破房子，本想来种地的，结果地被俺家孩子他爸包出去了，这也没啥指望了，我就捡点儿煤、种点儿菜，就这么维持着。然后打官司，最后把地给要回来了，我觉得有了地，才有了一切希望。

日复一日，年复一年，邵丽华用拼搏和付出还清了丈夫欠下的所有外债。

【同期声】邵丽华：我黑天去捡煤，白天在家种地，捡半宿煤，睡半宿觉，一年捡了十九吨，也挺知足的。挨点儿累，就把自己锻炼得有独立性了。

【现场音】邵丽华：喂！长义大哥，今天我到果园走一走，我的果树有点儿卷叶子了，你说这是啥毛病啊？我也没太整明白，你看你有时间吗？有时间给我瞅一眼，看看用什么药好使，别整错了。

对于邵丽华来说，屋后的这片果树就是她的希望，2011年，邵丽华收拾了这片荒弃的土地，栽上了果树。

【同期声】邵丽华：这就是我的果园，我的都是李子树，头些年李子树苗便宜，我就栽了点儿李子树，结果赶上去年李子涨价了，别人给我预估一下，说我这些李子能打两万多斤，因为我去年剪枝剪得好，坐果坐得多，能卖上几万块钱。我一听心里老高兴了，越想越高兴，上果园走一圈就高兴。

【现场音】化肥农药经销商：嫂子，化肥给你拉回来啦！

邵丽华：这么快就回来了，我看看化肥放哪儿，找个地方卸下来。在这儿卸吧！你和我搭肩，农药也捎回来啦？给我搬上来，俩人抬吧！

春种、夏储、秋收、冬藏，对于邵丽华来说，每天似乎有干不完的活儿。也正因为如此，她学会了扶犁耕地，学会了庄稼人所必须掌握的本领。

【同期声】邵丽华：别人都说让我别这么累了，出去打工得了，这地里都是家里有男的才能干的活儿，你干不了这活儿，多累啊。但是我觉得我干得了，我还有孩子，把地包出去也挣不了几个钱，我就跟别人说，你们教我地里活儿吧，为了孩子我自己能干。

　　学校到张政的家，要经过这片矿区，张政记得这片昔日繁华的住宅区曾经是他出生的地方。

【同期声】张政：我刚上学的时候，因为我头发白，我班同学都叫我"小白毛"，我妈妈就去学校告诉他们这是因为我生病了，然后给他们带了点儿吃的，他们就不这么叫我了，也会和我玩儿。

【现场音】张政：妈，今晚吃什么啊？
　　　　　邵丽华：今晚炒韭菜，蒸馒头。
　　　　　张政：太好了！我最爱吃馒头了！

晚饭前的时光是比较悠闲的，母亲与孩子的交流才是最彻底的。在张政的心里，妈妈就是力量的象征，和妈妈依偎在一起是他最幸福的时刻。

【同期声】邵丽华：虽然这里环境是挺苦的，但我觉得对孩子是一种很好的锻炼，其实当妈的不怕吃苦，也能教孩子学一些做人的道理，做任何事情都要想着把它做好。他还小，有些道理似懂非懂，我逐渐教给他，他就会明白。

5月末种完地，到6月初除草前的这段日子，在农村属于农闲时节，邵丽华从不放弃这段时光，她抓紧一切挣钱的机会。今早，她把新摊的三十公斤煎饼，拿到新区市场上卖。

山上的女人

【现场音】顾客：这煎饼多少钱一斤？

邵丽华：七块钱一斤，大碴子的，昨天晚上新摊的。

顾客：来二斤吧。

大半天时间，邵丽华的三十公斤煎饼全部卖完，刨去成本足足赚了有九十元钱，这让邵丽华很欣慰。

夕阳的余晖斜斜地洒下，在树梢镀上一抹金黄。因为高兴，邵丽华把三轮车开得很快，嘴里哼唱着她最喜欢的那首歌："心若在，梦就在……看成败人生豪迈，只不过是从头再来。"这就是邵丽华的人生拼搏之路。

（播出时间：2015 年 5 月 17 日）

山村文学梦

几乎每天晚上，河南街保家村三家沟屯的文化大院里，都挤满了参加活动的人们。活动的组织者就是蔡艳文、张晓英这对"文学夫妻"。

【现场音】蔡艳文：下面由我妻子朗诵一首她新写的诗歌，也是刚刚在《诗刊》上发表的，叫《山里的日子》……

【同期声】村民：蔡艳文、张晓英是俺们村的才子，他们的小说、诗歌写得老好了，这不，他们还办起了文化大院，没事俺们就聚到这里玩儿。

在蛟河市，蔡艳文、张晓英可以说是大名鼎鼎，这不仅仅是因为二人文章写得好，更主要的是他们的爱情故事也与文学随影相伴，充满了浪漫与传奇色彩。

【同期声】张晓英：我和蔡艳文是通过写作认识的。那时我写诗歌，他写小说，都在一座县城里，互相在一起谈文学、谈理想，慢慢走到了一起。

结婚以后，夫妻俩勤劳肯干，承包耕地、外出打工、搞贩运、开超市，即使再忙再累，也没有放下手中的笔。蔡艳文的小说、电视剧本，张晓英的诗歌、散文，相继在省市报纸杂志发表，张晓英还被评为吉林市"乡土专家"，蔡艳文也被聘为吉林电视台特约编剧。到目前，俩人在国家级报纸杂志发表的作品有二百多部。文学不仅丰富了他们二人的精神生活，也带动了周围村民对精神世界的向往。

【同期声】张晓英：村民经常来我这儿借书，偶尔村民还会给我送来他们的稿子，我觉得他们富裕起来了，精神生活也想要得到充实，所以我就自费办了文化大院，让他们有一个学习、锻炼的机会。

2013年，夫妻俩把自家旁边的一栋三十多平方米亲属家闲置的房子收拾一新，办起了文化大院和文化书屋。

【同期声】蔡艳文：我和张晓英就想，怎么能够把文化大院办得有声有色，让更多的村民参与进来。

从此以后，每天晚上，文化大院内和门前的小广场就成了村民载歌载舞进行文化活动的场所。

【同期声】村民1：他们两口子太有才了，一个诗歌写得美，一个小说写得生动，这又办起了文化大院，我们能天天在这儿唱歌跳舞。

【同期声】村民2：从文化这方面说，让农民把一些不好的东西扔掉，把好的东西捡起来。

王允利是三家沟屯一位普通的农民，年轻时喜欢拉二胡，虽然文

化程度不高，可悟性高，并懂得一点儿乐理，也正是在蔡艳文、张晓英的鼓励下，他迷上了作曲，并且他创作的歌曲深受村民的喜爱。

【同期声】王允利：看了张晓英的诗歌以后，我感觉张晓英的诗歌特别美，特别好，我就想能不能把诗歌作成歌曲，传唱出去，让大家都感受到这种美，所以我就尝试着去创作这个曲子。

如何让更多的农民参与进来，让农村这块文化阵地更加充满活力？蔡艳文、张晓英夫妇又有了一个更大的想法，那就是自费创办报纸，为农

村文学青年提供一块文学创作的阵地。经过反复思考和与当地文化部门的沟通，去年（2014年）秋季，一份由蔡艳文、张晓英主编的文学小报《山花》问世了。

这是一份面向全市农民的文学报纸，别看它仅仅四开四版，但是内容丰富多彩，每期一千份的印刷数量，仍不能满足村民的需要。

【同期声】张晓英：现在农民生活水平提高了，我办的小报不止发散文、诗歌、小说，还发了一些影视作品和绘画作品相关内容，为了让小报得到充分利用，也让农民有一个展示的空间。

如今，他们夫妇身边已经聚集了几十位文学爱好者。一些作者的作品在《山花》报上刊登，其中还有三位作者的作品被《吉林省农民文学作品选》选用。看到这些曾经只关心种子、农药、化肥的乡亲们提笔创作的那股执着劲儿，两人甭提多高兴了。

【同期声】张晓英：现在农民物质生活水平提高了，但是精神文化匮乏，还有一些陋习存在，针对这种情况，我就想办报纸和办文化大院，这是为了让村民摒弃陋习，也给家乡带来一股清新的文化之风，丰富乡亲们的精神生活。

蔡艳文、张晓英这对文学夫妻，多年来一直坚守着文学梦想，并且通过他们的努力，让梦想和行动影响着身边的乡亲们。正如张晓英在诗中写到的那样：一个人的热爱是一个人的灯光，无数人的热爱才是漫天星光。

（播出时间：2015年6月20日）

亚洲第一窖

蛟河新站——长白山深处的一个普通小镇，因这里建有一座长白山葡萄酒厂而声名鹊起。然而很少有人知道的是，在这座酒厂地下，隐藏着一个恢宏的建筑，这就是被誉为"亚洲第一窖"的全地下恒温橡木桶酒窖。

走入这座占地两万平方米，深达十余米的"地下宫殿"，首先扑鼻而来的就是由木桶散发出的悠悠酒香。

窖内拱洞交错，宛如迷宫，千余只木桶整齐排列，蔚为壮观。面对着庞大的酒桶，人们感受到更多的是它制作工艺的博大与精深。

长白山葡萄酒厂地下酒窖的橡木桶大小不一，最大直径达三米，高五米，重达两千公斤，要几个人合臂才能围拢过来，可储酒汁十五吨，即使最小的木桶储酒也在五吨以上。

【同期声】国家一级评酒师闫玉亮：这十五吨酒可以装两万瓶一斤半的葡萄酒。如果一个人从二十多岁开始喝酒，每天喝一斤，喝到一百岁，这一桶也喝不完。

长白山酒窖的橡木桶分为立式和卧式两种，一般卧式的木桶多用于储存加工好的果汁，而立式木桶主要用于存放没有发酵好的酒汁。

橡木桶储酒的历史可追溯到18世纪初期，当时法国有个叫奥比昂

的酿酒大师，他在酿酒的过程中发现，将酒汁储于橡木制成的酒桶中，可以让酒汁缓慢地成熟，并且让酿出的葡萄酒变得更加香醇，带有浓郁优雅的风味。

【同期声】国家一级评酒师阎玉亮：这个橡木桶里面含有香气，同时还含有单宁，单宁通过跟葡萄酒香气接触，就会存储在酒里，可以丰富葡萄酒的复杂程度，增强口感变化。

从此，橡木桶储酒便成为葡萄酒酿造中的重要一环，名贵葡萄酒常常选用优质橡木桶进行存储。

长白山酒窖的这些橡木桶全部是采用长白山林区的优质橡木制造的。橡木，民间又称柞木，其木质细密，木体散发着淡淡的清香，是制作盛酒器材的极好原料。

我国盛产橡木的主要林区是东北长白山和大兴安岭一带，而产自我国长白山林区的橡木与法国波尔多橡木产区地处同一纬度，质量均为上乘。

【同期声】高级园艺师田宝明：为什么日本人选中这里建葡萄酒厂，因为这里地处长白山余脉，是一个小盆地，周围山区上都是大橡木，直径都一米多，所以就用来做桶，用老爷岭漫山遍野的山葡萄做原料，日本商人饭岛庆三在1936年8月建立了老爷岭葡萄酒厂。

1936年，日本商人饭岛庆三在兴建酒厂的同时也开始了地下橡木桶酒窖建设。长白山葡萄酒厂目前拥有全地下五个储酒窖，除了一号窖为日本人留下的以外，其余都是在上世纪五六十年代修建的。

今年八十七岁的马战云，是新中国成立后最早参加橡木桶制造的老工人，回忆起那段激情燃烧的岁月，老人显得很激动。

【同期声】新中国第一代制桶工人马战云：1953年我就到这里来做木桶，做这个桶特别不容易，工序太多，要先找工具拉板，得好几个人一起操作，有的拽有的推，把板子拼到一起。

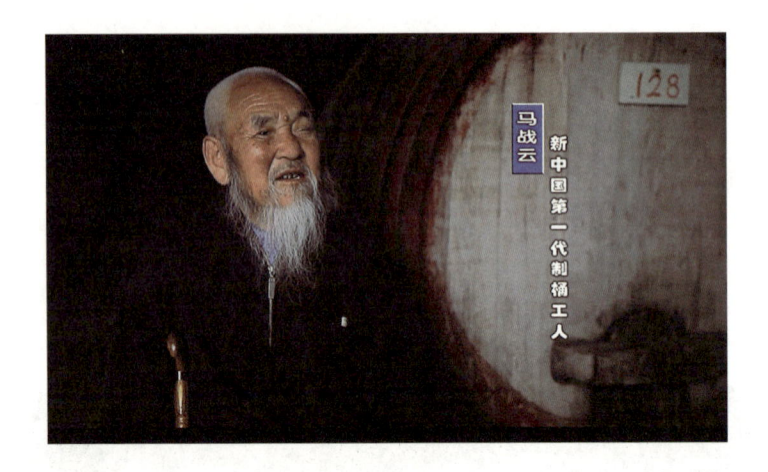

橡木砍伐下来以后,要经过两年以上彻底风干才能用来制作木桶,储酒用的橡木桶绝对不使用钉子、粘胶,而是以木头板身镶嵌而成,制桶用的木板用温火烘弯,利用热胀冷缩的原理拼装而成,在木桶外围接触不到酒液处,用铁条把木桶箍紧。

【同期声】新中国第一代制桶工人张广新:做好的桶都得四个人骨碌进储藏室,用绳子把桶运下来。

这些早年的建设者们，就是在这样艰苦的环境下奋斗，他们用娴熟的制造工艺，以愚公移山的精神与气魄，为特定时期下民族工业的崛起添砖加瓦。

【同期声】新中国第一代制桶工人马战云：那时候大伙儿都是高高兴兴地做木桶，觉得咱们中国人也能做这么大的木桶了。

老人告诉我们，做桶的鼎盛时期是在1950年到1953年期间，当时短短几年的时间就制造了六百多只木桶。

如今，长白山葡萄酒厂已经很长时间没有再造这样的橡木桶了，这些隐藏在地下的木桶仍旧承载重负，只不过酒汁换了一茬又一茬。

悠悠岁月，生生不息。沉寂于地下的一千五百只木桶，不仅仅是一种储酒容器，更重要的是一段历史的见证。

（播出时间：2015年9月16日）

种树的老孙

长岭山上这座孤零零的房子,就是孙亚洲的家。对于孙亚洲来说,每天陪伴他的除了一条大白狗,就是屋后满山的树木。二十年前孙亚洲放弃城里安逸的生活来到这里,一干就是二十年。

如今,从坡底到山顶,二百二十公顷的红松果树林,都是孙亚洲一棵棵亲手种下的。

【同期声】孙亚洲：这个红松是我 2003 年栽的，沟那边呢，是 1997 年栽的，已经二十来年了，陆续都见塔子了。这些年我总共栽了两千二百亩红松，一共二十多万株，在这个红松趟子里头，我又穿插种了李子和大榛子。

二十年前，孙亚洲在蛟河市曾是赫赫有名的大老板，他经营两家大酒店和一家制衣公司，每年销售额都在五百万元以上，人送外号"孙百万"。

1996 年，市场上有种植月见草一夜暴富的神话，诱惑着很多人做起了发财梦。在一个外商的怂恿下，孙亚洲关掉了经营多年的酒楼和制衣公司，承包了这片荒山，开始了他的寻梦之旅。

然而转过年月见草市场疲软，让孙亚洲的发财梦彻底破灭。

【同期声】孙亚洲：那一年，每天五百多人上山来给我干活儿，那场面老大了，当时市场价格十块钱一斤。这转过来年，由于市场原因，贵贱都没人要了，一分钱也卖不了，我一看，完了。

种植月见草不行，孙亚洲又开始改种玉米等大田作物。1998 年，他播种了近二百公顷的玉米，长势喜人，眼看进入收获季节，然而一场洪水让他一年的投入颗粒无收。

面对承包的大片荒山，面对巨额的外债，孙亚洲陷入了两难。

【同期声】孙亚洲：一下雨，山上就像扒一层皮似的，家里的水都是黄的，把种的庄稼都给冲跑了，这两回赔得倾家荡产，投进五百八十多万，一无所获。

从此孙亚洲开始过上隐居的山里生活，每天除了种树，就是悉心照料着山上的树苗。

【同期声】村民1：他刚来时候相当苦了，我们这地方全是荒山，没有什么树，他就自己搭了一个棚子，就在这儿住。白天呢，他就上山去刨地，晚上回来就在这棚里边住，没水没电，也这么坚持着，没钱买树苗，就去树上剪枝自己嫁接，夏天旱的时候没水，他走好几里地去挑水回来浇这个树。

【同期声】村民2：别人都是春天栽树，老孙是春夏秋冬都栽树。有一年刚要入冬就下了一场大雪，雪积了一米多深，我看他还在那儿挖坑栽树呢，一看他真不容易啊。

【同期声】村民3：有的时候干活儿累了，他晚饭都不吃直接躺下就睡了，到第二天早上起来的时候，把头一天剩的饭再吃一口，吃完之后又上山开始干活儿。当时我们大家看在眼里挺心疼的，也挺不理解的，就想都这么大岁数了，小老头儿了，就别折腾了呗。

这座房子是孙亚洲刚进山时自己动手修建的，他对这间房子情有独钟。

【同期声】孙亚洲：我这个小房子，是我一上山时候自己盖的，当时朋友给我买的砖买的瓦，房架子是我自己砍的，请了两个朋友上山跟我一起一点儿一点儿盖起来的。

孙亚洲的一日三餐很简单，粗茶淡饭让他觉得这样的日子很安逸。

【同期声】记者：孙叔，您吃这些东西吃得惯吗？

孙亚洲：二十多年已经习惯了，我也不太会做菜，开始的时候是不太习惯，吃的时间长了就习惯了，因为不会做饭，你看我的黄瓜、豆角、茄子、土豆，我都把它烀熟了蘸酱吃。我大姐给我送煎饼，因为她知道我不会做饭，煎饼省事儿，我再做点儿小碴粥。吃了这二十多年的蘸酱菜我也吃习惯了，现在感觉挺好，挺愿意吃的。

这些苦孙亚洲都不怕，最让他窘迫的是多年来所欠下的债务。

树苗种下了，他把家里也挖空了，连小孙子的压岁钱都投入到了这片荒山上。

【同期声】孙亚洲：我的大孙子说："爷爷一个人在山上，他没有钱，这些长辈给的压岁钱，都给我爷爷。"我也都收下了，那个时候也真没有钱，我都用来买树苗了，明天我告诉他们，爷爷的这些树都有你们的贡献。

孙亚洲的两个孩子，都在北京、深圳等地工作，每年假期都到山上来看望他，在儿女的心里，父亲是一个执拗倔强的人。起初父亲选择到山上种树，家里没有一个人同意，可孙亚洲就是凭着自己的那股执着劲儿坚持了下来。

【同期声】孙亚洲儿子：我父亲一个人在这里十几年坚持下来，现在看这个山上的样子，也是给子孙后代留下了一片宝贵的财富，

现在我们也都替我父亲感到骄傲、自豪。

【同期声】孙亚洲女儿：跟我爸在一起，他就给我们讲起这个山上的事情，这些话总也说不完。后来我慢慢发现，我父亲在山上生活，他会觉得更快乐，也更适合。慢慢地，我们也接受了他这个想法，就不再劝他下山跟我们一起生活了。

二十年，孙亚洲凭着一种信念，一如既往地像照顾自己的孩子一样，精心照顾着这片红松果树林。如今两千二百亩荒山重新披上了绿装，他的心里很有成就感。

最近几年，先后有几个老板要出重金收购他的这片山林，但孙亚洲坚决不卖。

【同期声】孙亚洲：跟我一起干这个的朋友，他劝我把山林卖了得了，我拒绝了，我跟他讲，我给子孙留下金山银山，不如给他留这一片绿水青山，它是无价的。

对于未来，孙亚洲的心中有更大的追求。

【同期声】孙亚洲：今生今世我是不会离开这座大山了，我要在这儿亲眼看到我亲手栽的小树一天天地长大，我要看护好、管护好，今后我要继续种树，不断地种树，留给子孙一个念想。

"一个人能赚的、能花的钱是有限的，一个人的经历也是有限的，而植树造林是无限的，因为他为后人留下的是无尽的绿色。"这是孙亚洲常说的一句话。"咬定青山不放松"，孙亚洲留给后人的是受益无穷的绿色。

（播出时间：2016 年 8 月 19 日 ）

庆岭活鱼

庆岭，原本是长白山余脉老爷岭的一条山谷，这些年来，因为一道活鱼菜肴而使这里声名鹊起，凭借着302国道，这里聚集了上百家餐馆。

赵红华经营的这家庆岭活鱼馆,和这里众多的餐馆一样,专做这道庆岭活鱼。在赵红华看来,庆岭活鱼的做法很简单,因为祖辈们用这种方法炖鱼已经延续了上百年。

【同期声】赵红华:这个鱼从我奶奶、我妈妈到我,都是这么做的,一直传到现在。

对于烹饪来说,厨师的烹饪技艺再高,没有好食材也很难出彩。每天许长江早早地起来,是为了赶在别人前面收集新鲜的食材。

庆岭往西两公里,就是东北最大的人工湖松花湖,烟波浩渺的松花湖盛产各种鲜鱼,尤以金麟大鲤而著称。鲤鱼正是制作庆岭活鱼的上好原料。

【现场音】"这啥鱼?"

"这是硬波鱼。"

"有没有五斤啊?"

"有了有了。"

许长江将鲜活的鲤鱼运回店里,放入用山石砌成的鱼池中。许长江的妻子有着十多年的活鱼制作经验,做鱼身手麻利,这边从鱼池里网上来的活鱼,不到两分钟,宰杀、去鳞、改刀、收拾妥当,那边桦树皮引火升灶,灶膛的炉火已经温热了锅,油大开,下作料,收拾干净的庆岭活鱼滑入锅内,作料香伴着鱼香从厨房慢慢飘出。

庆岭活鱼所用的作料除了花椒和生姜,最关键的就属当地特产的芭蒿。芭蒿学名叫藿香,也叫排香草、野苏子、大叶薄荷。多少年来,长白山周围的居民,总愿意将芭蒿当作香料,种在房前屋后,芭蒿生长力极强,一次种下年年窜根,生生不息。先民炖鱼没有味素、鸡精等调味材料,完全靠芭蒿去腥提鲜,据说普通的青菜放把芭蒿,也能炖出鱼香味儿。

经验老到的厨师,炖鱼时对水的拿捏恰到好处,倒完水,添

上柴，大火烧开，小火微炖，第一次掀开锅盖就意味着要装盘了，汤汁耗尽，一条鱼的肥香与芭蒿的清香混合，鲜而不膻、香而不腻的庆岭美味，便滚到了食客的舌尖上。

中国人造字很讲究，"鲜"字就是鱼和羊的组合，鱼肉最大的特点就是鲜，中国传统的八大菜系中，鱼的做法不胜枚举，人类与鱼类的关系，起初就像鱼儿离不开水一样。最终人们不但从大快朵颐中，烹饪出了闻名世界的食鱼文化，还从这鱼文化中升华出了中华文明优秀文化的几朵"奇葩"，像"鲤鱼跃龙门""年年有余"等俗语妇孺皆知。现在吉菜已经跃升为中国的新菜系，这彰显了东北文化的特殊地位。我们品尝庆岭活鱼传统、原始的风味，也是在品尝属于东北的风味。

美食家们对庆岭活鱼印象深刻，这道吉菜里的骄傲，被列为国家非物质文化遗产名录，如今已经火遍大江南北。

（播出时间：2016年11月24日）

煎饼侠——王勇

今年三十八岁的王勇是天岗镇五道河村村民,从小生长在农村的他总是对外面的世界很憧憬,一心想靠自己的努力打拼出一片属于自己的天地。初中毕业后,他独自一人背着行囊来到吉林市一所技校学习汽修。

【同期声】王勇:家里的生活条件不是很好,所以我就想打工给家里减轻点儿负担,也想学一门手艺。

在吉林打工干了五年,当时市场热卖的农村煎饼让王勇看到了商机。

【同期声】王勇：我来回坐通勤车，我们窝集口村有十几家摊煎饼的，把煎饼拉到火车站，站里有去吉林的火车，他们就在停站期间卖煎饼，我看到了商机，所以就卖起了煎饼。

于是，王勇辞去汽修工作，选择了回家创业，开始卖起了大煎饼。创业初期，并没有王勇想的那样简单。每天，王勇天不亮就起床，骑着自行车到各村收购煎饼，然后要赶五点钟的火车，把煎饼运到吉林市市场上去卖。

【同期声】王勇：辞了工作之后，我就和家里人卖煎饼，早上四五点起床，把煎饼背到车站或者市场，那时觉得很有奔头儿。

王勇卖煎饼诚实守信，再加上这些年百姓消费观念的转变，他的煎饼生意越做越好。

在外人看来，王勇经营的是小本生意，本小利少。可王勇觉得，不管自己做多大、多小的生意，都要认真、努力地去做，这样才有机会让自己的梦想慢慢变为现实。

2000年，王勇用自己淘得的第

一桶金购买了一辆面包车，方便在村里收购煎饼，他又在吉林的东市场租下了一间店铺，专卖杂粮煎饼。梦想有多大，舞台就有多大，随着煎饼销量的与日俱增，王勇又做出了一个大胆的决定——在窝集口村建一个煎饼加工厂，批量生产煎饼。跟王勇预想的一样，加工厂生产的煎饼由于规格、包装统一，很快就一售而空。

【同期声】王勇：我觉得开个煎饼厂，能保障煎饼的质量。通过两年时间，这个厂子也有了一定的规模，提高了我的生活质量。

煎饼厂走向正轨，王勇又开始思考如何让更多的人记住自己煎饼的品牌，于是，王勇又为自家煎饼注册商标。

【同期声】王勇：那时有人打听，找我买煎饼，问我家煎饼叫什么名儿，我当时才觉得应该给煎饼起个名字，所以就注册了一个商标，也是根据我们窝集口村的名字，起的"窝稽"。

对于王勇来说，一张看似简单的煎饼，其实需要多个步骤：清洗原料、混合搅拌、粉碎磨糊、发酵、过滤杂质、手工烙制、混合搭配、成品包装等等。每个步骤都有严格的标准，马虎不得。

【同期声】王勇：好煎饼首先得薄，其次烧柴火做的和机器做的不一样，纯手工，口感好。

如今，王勇的煎饼加工厂有二十余名工人，每天生产、加工煎饼一千公斤，村子里的家庭主妇们个个儿成了加工厂的业务骨干。

【同期声】煎饼厂工人：我在这儿干了两年多，我在厂子里吃住，农闲时候还可以挣点儿钱，贴补家用。

随着农村电商的发展，近两年王勇也尝试着通过淘宝店、微店等电商方式推销煎饼。目前，王勇的煎饼销售可以说是供不应求。

创业多年来，王勇一直认为学习是非常重要的。闲暇时间，王勇会在各种学习平台上广积人脉，并经常"走出去"，与创业者们交流。目前，王勇的煎饼品种已经有大枣、玉米、小米等口味。最近，他又购进了三台煎饼鏊子，打算增加绿豆和黑芝麻口味，让自己的创业之路越走越远，让更多的人也能跟他一起致富。

【同期声】王勇：我打算过两年建一个大一点儿的煎饼厂，带动村里更多人致富，把煎饼做得更好，把品牌打出去。

如今王勇拥有了自己的煎饼品牌，并成为QS申请认证的煎饼企业。王勇就是这样，从蹲市场的小贩到远近闻名的"煎饼侠"，他的成功告诉人们：创业路上，只要敢闯敢拼，就一定会走向成功。

（播出时间：2017年4月12日）

老牛和小牛的"甜蜜"事业

春夏时节，百花盛开的时候，也是牛继全一家最繁忙的时节。天一放亮，牛继全总是第一个起床，对他来说，这满院子以及村头摆设的二百只蜂箱是他全部的希望。

【现场音】牛继全：哎呀，牛饲佳，这个纱盖忘盖了。

老牛的儿子叫牛饲佳，三年前大学毕业回到家乡，和老牛一起办起了这家养蜂场。

【现场音】牛饲佳：昨天晚上黑了，忘整了。
　　　　　牛继全：今年花期不好，咱们打蜜打得少，好好养养蜂，准备来年吧。

牛继全从二十多岁就开始养蜂，他居住的天岗镇二道林子村就坐落在长白山余脉张广才岭脚下。村子周围是连绵的群山、广袤的森林，这是绝好的蜂源地。

【同期声】牛继全：我这养蜂三十多年，我们这个屯周围全是青山。春天有春蜜，有色树、插条，夏天有椴树蜜，到了秋季有杂花蜜，你看这山花多美，我在这儿一年四季能得到三季蜜源，我从来不出去放蜂，所以我那个地方特别适合养蜂。

眼下，正值产蜜时节，老牛每天穿梭在家里和村口的两个基地，偌大的蜂场就靠他一个人打理。

【同期声】牛继全：蜂吧，好管，你看我二百多箱蜂，平时都是我一个人管理，人多也用不上，帮不上忙，一到打蜜的时候我们全家都上。

【同期声】牛饲佳：之所以大学返乡回来创业呢，首先第一点，我感觉我们家原生态蜂蜜有一个特性，消费者能吃到最原始的那个点，那个点在哪儿呢，就是我们不经过任何加工，我们也不经过添加，是蜜蜂酿造出来的原蜜，我们销售给广大消费者。

对于牛饲佳来说，之所以回来和父亲一起养蜂，更主要的是看到了最近几年越来越火的蜂蜜市场。

【同期声】牛饲佳：我这台车都跑出八万公里了，咋整啊，为了销售天天都得跑，客户是跑出来的。

牛饲佳平时在蜂场的日子不多，大部分时间都在跑市场，三年时间光汽车就换了两台。

【现场音】牛饲佳：喂，您好，哎哎，是是，你是北京的客户吧？姓王，对吧？您那箱蜂蜜，我们近几天就用快递方式打包发走，好吧？行，谢谢您的支持和理解，好，再见。

【同期声】牛饲佳：我去年卖了五十多吨蜂蜜，但是和大公司比起来，我们只是九牛一毛，但是我想经过我的努力，将来有一天我会用我这个量少的比过他们量多的。

从某种意义上讲，牛继全看不惯小牛的这种做法，但儿子的一顿折腾却让蜂蜜价格提高了许多。

【同期声】牛继全：现在的年轻人哪，和我们那时候不一样，我们那时候养蜂就是靠多养，多打点儿蜜。现在他们整天在外跑，在外面乱折腾，折腾得价格也确实好点儿了，那时候卖十块，现在能卖到二十块钱，甚至还要多。

按照惯例，花期时节平均每三天就要搅一次蜜，可今年的雨水天气造成椴树花源的锐减，养蜂人管这样的年份叫作"小年"，民间有"大年收小年欠"的说法。

【同期声】牛继全：今年差，今年一箱才能打三十多斤蜜，去年好，去年一箱一个蜜期打了一百一十多斤。一次就能打二十多斤三十来斤，最好的一次打了三十五斤，打了四次，去年真好。反正吧，养蜂也不能年年收，去年大年，今年小年，来年应该不错，你说呢？准备好力量，咱们奔来年，来年丰收了咱们都多得点儿，然后效益都好一点儿。

年轻人喜欢接触新鲜事物，这两年可视农业非常流行，牛饲佳不顾家人的反对，花了近两万元在蜂场安装了可视设备，无论何时何地，都能通过视频监控蜜蜂的生长。

【同期声】牛继全：你看那是镜头，那也是镜头，安那镜头有啥用啊？这个蜜蜂监视不监视它，不也一样生长？有那些钱投入到养蜂上，多养点儿蜂，多打点儿蜜多好啊。

【同期声】牛饲佳：我现在所有的蜂场，已经全部安装上了可视化摄像头，可视养蜂是让终端的消费者能在第一时间内，每天二十四小时能监管着我们的蜂场，能了解我们的蜂场，能了解到每一箱蜂的生活习性，以及我们的人员管理。在这基础上呢，我又加了我们自有的技术，就是认养制，搞认养制是什么意思呢？就是消费者来认养一箱蜂，这箱蜂能追溯到每一箱蜂产的每一瓶蜂蜜，都能追得出来。

可视农业的成功安装，让牛饲佳的蜜蜂私人订制业务进展得十分顺利。年初，已有九人通过线上参与到"我有一箱蜂"蜜蜂认养中来。一箱蜂一年的认养费用是三千元。

【现场音】牛饲佳：你好，我这两天想要给你打电话，打电话的原因是因为我们现在到了采蜜的时期了，你是方便过来这边体验下我们的生活啊？还是我们把蜂蜜给您取完之后，打好包装，用冷链的运输方式运到你家呢？

【同期声】牛继全：你说这城里人也真怪，我们这蜜蜂生产的蜂蜜都是最优质的，他还非得去认养那几箱，太不相信人了。

连绵不断的阴雨天，让老牛对今年的蜂蜜收成很是担忧，今天总算放晴，老牛就坐不住了，早饭一过，他就嚷嚷着要到几个蜂农家去看看。

王师傅和老牛一样都是天岗镇的蜂农，今天老牛到他这儿来，除了探望，还有一个更主要的目的，就是张罗着把天岗镇所有养蜂户联合起来，组成一个养蜂合作社。

【现场音】牛继全：最近几天咱们天岗镇这些养蜂的大户小户可以到一起咱们开个会，然后咱们这个合作社逐渐办起来，咱们品牌统一一下，价格也统一一下，政府支持咱们的。

【现场音】王师傅：我想咱们大伙儿都要参与进这个行业中来，这是个好路子。

又是一个阳光灿烂的日子，牛饲佳邀请了城里的一些消费者到蜂场参观，老牛首当其冲，当起了蜂场讲解员。

【同期声】王师傅：现在这个年代得靠货真价实，得靠真了，靠信誉了。不能像80年代、90年代，靠假、靠数量，现在靠质量，不靠质量不行了，我们就这三十年的养蜂历史没整过一两假的，就是连续两年不收蜜我没蜜卖，没办法。现在咋的呢，有蜜我们抽着卖，我们就是大量地招揽买蜜的顾客，到我们这儿买纯正蜜，所以大伙儿吃得放心。

当天的参观相当成功，老牛也显得很高兴，至少他觉得小牛张罗的事情也算是正事儿。

今天，吉林市农委要在长春举办一场可视农业项目推介会，牛饲佳作为参会嘉宾，起早赶到了会场，他要抓住这次机会好好地推介他的蜂产品。

【现场音】牛饲佳：我们蜂场又开发出了新的营销模式，就是蜜蜂还可以认养了，叫"我有一箱蜂"。咱们广大的消费者如果对蜂蜜感兴趣，可以来认养这箱蜂，消费者零风险跟咱们蜂场合作，就有咱们能吃的地地道道原生态的好蜂蜜。以前我是把自家的蜂蜜批发给经销商，在此过程中我们没有多少利润。我们年复一年，日复一日，就这样我们度过了很多年。但是我大学毕业之后，回到自己家乡，我们成立了品牌，我们有自己的使命了，品牌就是我们的使命。我想经过我们自己企业的模式，把我们原生态的好蜂蜜逐步地卖给我们的广大消费者以及我们自己的会员。

夏天天热，老牛家的晚饭一般都在院子里吃，面对着一排排蜂箱，一家人的话题自然离不开养蜂。

【现场音】牛饲佳：我的意思呢，咱家蜜蜂秋天在家待一秋天，这就投入两万多，研究研究跟我妈咱去踩点儿月见草蜜，现在网上挺好卖的。

牛继全：我不想去了，我的意思吧，花点儿钱，买点儿糖喂一喂，去的话还有路费，收不收还两说呢，实在不行你说要卖蜜，出去收购点儿然后卖卖得了。

牛饲佳：现在网上订购了有十吨，卖出去了，但是咱家的原则是不收购，因为这些年吧，从你养蜂到现在咱们从来没有收购过蜂蜜。

牛饲佳母亲：那明天启程黑龙江。

有订单，有钱可赚，让一家人显得格外高兴。为了"甜蜜"的事业，他们从来没有停下奔跑的脚步……

（播出时间：2017年9月2日）

美丽乡村入画来

蛟河，长白山西麓、松花湖畔，一颗璀璨的明珠。

这是一方钟灵毓秀、资源丰富的希望热土；

这是一座充满激情、活力四射的奋进之城。

这里，地处东北亚经济圈的核心地带，长吉图开发开放先导区中间节点城市。

这里素有"长白山立体资源宝库"的美誉,六千四百余平方公里的辖区面积,四十七万勤劳质朴的蛟河人民,在这片神奇的土地上,在这座享誉全国的红叶之城,创造着一个又一个属于自己的光荣与梦想。

乡村是农民的家园。

近年来,蛟河市把农村人居环境整治作为农业农村工作的重要载体和有效途径,采取综合性举措,开展农村人居环境整治攻坚,使广大农村面貌发生了极大变化,农民的生活品质有了稳步提升,一幅幅美丽乡村画卷正在徐徐拉开。

近年来,蛟河市按照省委、省政府和吉林市委、市政府的部署要求,把新农村建设作为全市工作的重中之重,制定出台了《蛟河市农村人居环境整治工作实施方案》,以建设"干净、整洁、靓丽、宜居"的新农村为目标,确立了"建点、连线、成片、扩面"的改善农村人居环境的总体思路,通过点线结合、片面共治,强力推进美丽乡村建设。

农村人居环境整治是一项艰巨的系统工程，需要当地政府的坚强领导，更需要各级部门一抓到底的决心。

从 2015 年以来，蛟河市把农村人居环境整治纳入国民经济和社会发展"十三五"发展规划，并作为农村工作的核心任务，列入年度工作计划。市委、市政府主要领导亲自调度、实地监督、组织拉练大检查，成立了由市委、市政府主要领导任双组长的全市农村人居环境整治工作领导小组，明确了十七名市级领导、六十六个部门包保责任，确保工作掷地有声、落地生根。

农村人居环境整治，资金投入是关键。为破解资金瓶颈，蛟河市将移民后扶、绿化美化村屯、一事一议奖补、改善人居环境等涉农项目资金集中投向重点村，用于改善人居环境。2015 年以来，全市共整合涉农资金 1.15 亿元，占整体投入比例的 64%。在自有财力"捉襟见肘"的情况下，共投入财政资金 6500 万元，确保农村人居环境整治的有效开展。

同时，以突出生态、环境、人文、产业等元素为重点，打造了

"一镇五村"六个农村人居环境整治典型。这些特色鲜明、具有可复制性的典型，为全市农村人居环境整治蹚出了路子，树立了标杆。

打牢美丽乡村的厚重基础，不能只做表面文章，必须从抓产业入手，努力增加农民的收入。

近年来，蛟河市持续发展了黑木耳、黏玉米、中药材、晒烟等长白山农业特色产业，形成了六大种植功能区，全市农业特色产业种植规模超过1.6万公顷，农业特色产业增加值达到15.58亿元，农民人均增收3820元。结合脱贫攻坚，今年，总投资2.4亿元，村级分布式光伏扶贫项目实现并网发电，这一项目带动了1800户无劳贫困户每年户均增收3000元，并为100个行政村每年每村增加村集体经济收入5万元。

结合特色小城镇及全国休闲农业和乡村旅游示范县项目建设，全面构建起了农业观光、生态体验、滨湖休闲、农家乐等特色鲜明的乡村旅游产品体系，乡村旅游越来越成为农民增收致富的主要门路。

【同期声】村民：通过环境整治，我们村里的环境变好了，我打算把我这个小房子装修成客栈，接待来往的游客。

开展农村人居环境整治、建设美丽乡村不能"美极一时"，而要"长治久美"。

蛟河市在全市 256 个行政村都落实了"三包三责"，配套建设了"四有"设施。建立健全了农村卫生环境长效保洁机制，目前，全市落实保洁人员 358 人，覆盖全市行政村 243 个，"三包三责"保洁实现了全面覆盖。

同时，坚持一手抓环境整治、一手抓村民素质提升，两手齐抓、齐头并进的原则，多举措转变村民固有的旧思想和不良行为习惯，让文明意识走村入户，入脑入心。2015 年，蛟河市实施了栽花美化行动，覆盖了全市国省干道、农村公路；在环境整治的同时，广泛组织开展了农村美丽庭院和干净人家评选、道德模范评选等活动。通过开展这

些竞争性评比,全市农民的环境保护意识有了质的飞跃,环境整治有了充足的干劲儿。

【同期声】村民1:现在农村也不比城里差,越过越好。

【同期声】村民2:大家都没想到能修得这么好,路面上,连烟头、垃圾都没有了,特别好。

"美丽乡村是我家,农村不比城里差"如今已经成为蛟河市农村居民们的共同感受,美丽、舒适、和谐的人居环境让村民们的笑容里写着幸福,透着欢乐。

大河潮涌天地阔,风劲长空丹霞舒。

伴随着农村人居环境改善这一良好开端和发展现代农业的铿锵步伐,一个田园美、村庄美、生活美的美丽乡村正由梦想变为现实。

旖旎成诗，描摹成画。

这一幅幅画卷，画出百里花园的水墨村庄；

这一首首诗篇，吟醉红叶之城的乡村梦幻；

这一曲曲飞歌，唱响百年蛟河最美的乐章。

（播出时间：2017 年 10 月 12 日）

我家的宝贝数不清

老式收音机、80年代的明星海报、古旧的陶瓷碗……随着社会的发展和进步,这些老物件已经慢慢淡出了历史的舞台。如今,在一般人的家里早已看不见这些东西的踪影,而在我市的一间小型展览馆里,这些老物件却被作为收藏品陈列其中。今天的节目,就让我们走进这家小小的展览馆,去认识一位收藏家——王丛林。

走进这家小小的展览馆，看着这一件件琳琅满目的老物件，仿佛又让人回到了 20 世纪。这一件件古玩藏品，一般人也许并不在意，但对于六十二岁的王丛林来说，这里的每一件展品，都是他的珍宝。

【同期声】王丛林：我这些藏品，都是上世纪五六十年代的，现在也很难再找到了，还有白求恩画册，这都是些老物件。

除了这些比较有特色的藏品外，还有一些藏品已经相当有年头了，如今，它们静静地躺在这间展览馆里，见证着历史的变迁和岁月的痕迹。

【同期声】王丛林：这个风轮可有年头了，这是五几年的，以前做大锅饭的时候，手摇往里面送风的。

对于不少收藏爱好者来说，收藏古玩就是收藏历史，虽然展品种类繁多，但放在一起品味，就是一部生动的纪录片。对王丛林来说，每一件藏品都是一部饱含历史文化和人文风情的百科全书，可以让人瞬间回到过去。

王丛林手中这个物件叫做"铁砧"，是中国古代时铁匠铺打铁用的垫子。据王丛林说，铁砧盛产于民国时期，多运用到铁

匠工艺当中。这件是他两年前在旧货市场淘到的，加上之前淘到的两件，凑成了一套，现在市面上几乎已经绝迹了。

如今，王丛林在我市算不上收藏古玩最全的人，但用他自己的话来说，他应该是收藏古玩最早的一批人。

王丛林是一个土生土长的蛟河人，谈起收藏，是源于他对老物件的那份情怀。

【同期声】王丛林：我这个人比较怀旧，看到这些老物件就有特殊的感情，出门的时候我总去当地的古玩市场，这次买一点儿下次买一点儿，逐渐地，家里老物件就多了。

王丛林早些年曾在青岛、天津等地从事安装工作，他的镇馆之宝——近一吨半重的"灵璧石"，就是他那时费了九牛二虎之力搬回家的。

【同期声】王丛林：2013年，我的一个工友说他家那儿有石头，说是乾隆年间的，家乡有很多，让我去看看。我一看确实是，就买了下来，就是运输困难了点儿。

去年，王丛林将多年收藏来的老物件和古玩全都搬到这间屋子来，开了这家展览馆。每逢闲暇，经常会有收藏界的同行来这里鉴赏他的藏品。

【同期声】朋友闻德富：我与王丛林是通过古玩收藏相识的，没啥事我就到他这里看看，我们都有相同的爱好，王丛林收藏的藏品比我们都多，让我们很长眼。

除了收藏古玩和老物件，王丛林对中医学也相当感兴趣，这些年在搞收藏的同时，他还在各地淘到了不少中医典籍，闲暇时就拿出来翻看学习。用他的话说，身边的人有了什么疑难杂症，在这些医书中大部分都可以对症查到。

展览馆里已经堆积得遮天盖地，王丛林又将部分藏品搬回家中品鉴，可以说，他现在的生活已经与这些老物件密不可分。

2017年年末，由我市古玩收藏爱好者组织的"古玩收藏协会2017年联谊会"召开，王丛林应邀参加。他说，这次联谊会让我市古玩收藏爱好者有了自己的组织，大家可以在一起交流收藏心得，优势互补。

接下来，王丛林还要继续完善他的展览馆，也希望更多的人来到他这里，大家互相学习，扩大眼界。

【同期声】王丛林：开这个展览馆的目的就是想结交更多的朋友，大家在一起交流学习，开阔眼界。】

小小的展览馆，刻画着历史的变迁，积累下岁月的沉淀。王丛林用收藏和品鉴来丰富自己的业余文化生活，以此来陶冶情操，丰富人生。我们在这里祝愿王丛林老人，在收藏的路上收获更多的精彩。

（播出时间：2018年1月27日）

乡情·亲情·红叶情

"少小离家老大回,乡音无改鬓毛衰。"漂泊在异乡的游子,乡情是心底永远的牵挂。近日,中央电视台到我市拍摄《中国影像方志》纪录片,特邀请了现任中国音乐学院作曲系主任、中国音乐家协会会员禹永一教授,回到家乡蛟河拍摄"游子还乡"这一环节。禹永一对阔别多年的家乡蛟河又有着怎样的情怀呢?让我们跟随央视《中国影像方志》摄制组一起走近禹永一教授,感受他的家乡情怀。

5月18日清晨,苏尔哈湖湾的朝阳刚刚升起,水波荡漾在淡淡的云雾中,几艘渔船驶出湖湾,开始了一天的打渔作业。苏尔哈湖湾是松花湖东面最宽阔的一处水域,禹永一教授在少年时经常和伙伴来这里游玩,苏尔哈湖湾给他留下了许多美好的回忆。

禹永一教授在船上望着眼前这一片茫茫水域,儿时的点滴回忆在他的心中不断涌现。

1960年出生的禹永一,1973年至1977年在蛟河县朝鲜族中学读书,1979年考入吉林永吉师范学校音乐班学习。毕业后他先后在蛟河县二中和一中任教,1985年考入吉林艺术学院音乐系学习作曲,1993年考入中国音乐学院攻读作曲与作曲技术理论专业,1995年毕业,获文学硕士学位,并留在中国音乐学院作曲系任教。多年来,他创作电视剧音乐三十余部,歌曲三百余首,及其他电子音乐、交响音乐作品等，并多次为中央电视台及地方电视台的文艺晚会创作音乐作品。

2002年我市第一届红叶节，禹永一应邀回到蛟河。至今已有十余年没有回过家的禹永一，看到家乡城市面貌翻天覆地的变化，他深深地为家乡感到自豪。

【同期声】禹永一：家乡有了翻天覆地的变化，楼房啊，市容市貌啊，包括老百姓的精神面貌，都和以前大不相同，有了很大的变化。

多年来，禹永一始终从事着他热爱的音乐工作，创作出了许多脍炙人口的曲目。

【同期声】禹永一：除歌曲以外，其他作品也在写，比如交响音乐、歌剧、音乐剧，还有一些影视作品，比较有名的，也是我的成名作叫《故乡雨》《月光恋》。

新站镇六家子村是禹永一少年时期生活过的地方，如今，六家子村依托天然的自然资源，开发乡村旅游，每家每户都透着淳朴与自然的气息。

走在家乡的小路上，看着家乡日新月异的变化，禹永一心中洋溢着喜悦。远走异乡的游子，一心想着的就是反哺家乡，他一直不忘为家乡的建设献出一己之力。自我市开始举办红叶旅游节以来，禹永一先后为《红叶情》《红叶颂》等宣传家乡旅游的主题歌曲作曲，为我市的旅游产业助力。

【同期声】禹永一：2002年第一届红叶节的时候，政府找到了我，问我可不可以给家乡写首歌，我作为家乡人，想为家乡做些事情，借着写音乐作品的机会，以此报答家乡。

如今，已近花甲之年的禹永一再次回到这片生养他的土地，看到家乡人在自己创作的歌曲声中翩翩起舞，他的脸上绽放出欣慰的笑容。

【同期声】禹永一：我还打算继续搞创作，为家乡的建设贡献自己的力量，如果家乡需要我的话，我义不容辞。我是土生土长的蛟河人，对蛟河的感情很深，希望家乡越来越好，家乡百姓的日子越过越好。

故地重游，为的是心中那抹不掉的乡情，禹永一不遗余力地为赞美家乡而笔耕不辍，用音乐绘出了家乡的美好，让更多的人认识蛟河，走进蛟河。在这里，我们祝愿禹永一教授能够创作出更多、更好的歌曲，通过音乐让"红叶之城魅力蛟河"响彻全国。

（播出时间：2018年5月26日）

红叶之城,魅力蛟河

巍巍长白纵横千里,那是这片土地上一幅多彩的画;滔滔松水奔流不息,那是这片土地上一支流动的歌。青山簇拥、碧水环绕,这就是长白山麓、松花湖畔那颗耀眼的明珠——蛟河。

蛟河位于吉林省东部,地处东北亚经济圈核心地带,幅员面积6429平方公里,这里宜业、宜游、宜居,是长吉图开发开放轴线上的

重要节点城市。这是一座山水之城，境内拥有拉法山、白石山、红叶岭三个国家森林公园，亚洲最大的人工湖——松花湖，三分之二的水域面积在蛟河，可谓"四面青山三面水，一城山色半城湖"。

蛟河更是一座红叶之城，享誉天下的秀美红叶，以其规模之大、品种之全、色彩之艳，书写着秋天的童话。

近年来，蛟河市党政领导班子既重视经济发展，又十分关注民生，既有序开发资源，又注重生态保护，精心打造了一批凸显蛟河特色的生态休闲旅游项目，这里春可踏青、夏可避暑、秋赏红叶、冬戏冰雪。

拉法山国家森林公园是国家4A级旅游景区，公园内六大景区风格迥异、各具魅力。拉法山以其"关东第一奇山"的气魄傲立群首，它峰险洞奇、石秀林幽，独特的花岗岩山体形成了千奇百怪的洞穴，堪称一绝！形成于一亿五千万年前的气泡洞，是亚洲最大的气泡洞，极具地理研究价值，奇洞伴有奇峰，相依相伴的姊妹峰、栩栩如生的卧象峰，更是神奇非凡，让人浮想联翩。

距离蛟河市区十一公里的老爷岭景区，森林植被呈垂直分布，从谷底到山顶，可纵览平地千余公里的植物生长变化，人称"小长白山"，在海拔1284.7米高的主峰上，高山草地，栎桦丛生，蔚为壮观。

在冰湖沟这个国内距城市最近的原始森林里，紧随季节变换，春秋应景生色，您可以在高山平湖里放舟，还可以跟随森林之中的草鹿

野兔一起去追逐绿色的梦想。

康熙三十七年,康熙皇帝东巡到此,曾赋诗一首——"松林黯黯百十里,罕境偏为麋鹿游,雨雪飘萧难到地,啼鸟野草自春秋。"松花湖绵延上百公里的湖岸,千峰锦绣、碧波万顷、金蟾岛、额赫岛,宛如两块碧玉遥相呼应,如诗如画,泛舟湖上流翠溅玉、鱼跃鸟飞,岩湖风光尽收眼底,好一个"两岸青山相对出,孤帆一片日边来"的诗情画意。

走进庆岭景区,犹如走进了天然氧吧,这里森林茂密,空气清纯,山泉清澈,鸟语花香,那高山飞瀑的壮观飘逸,那百年古树的雄奇伟岸,那古寺庙宇的佛音缭绕,令到此的游人思绪飘飞、物我两忘。

白石山国家森林公园,山谷幽邃、林木葳蕤、芳草鲜美、碧水深潭,那迷人的高谷、藤萝的老树、神秘的白石,无不充满灵性,人在

其中，如梦如幻。

红叶岭国家森林公园的美是幽静的、原始的，这里有林海雪原的辽阔，更有辽津古城古道驿站的神秘，明德老子学院、三佛寺是您禅修养生的理想福地。"关东第一漂"插树岭峡谷漂流，玩的就是心跳，河水急中有稳，稳中有急，弄水长滩，急水细浪，到蛟河玩水会令您产生超凡脱俗之感。

在蛟河四季如画的美景中，最夺人眼目的还是红叶谷。红叶谷，是长白山余脉老爷岭的一条山谷，位于庆岭景区内，每年的金秋时节，这里红叶漫山，如同落霞，蔚为壮观。红叶谷以其"五个之最"享誉全国，红叶谷绵延百余华里，气势磅礴，规模最大；红叶谷的红叶树种多达十余种，各种红叶深淡相宜，风姿各异，品种最多；受长白山和松花湖独特的气候浸染，这里的红叶红得厚重、典雅，色彩最迷人；红叶谷的红叶每年只有在9月20日至10月10日才呈现，美在瞬间，不可多得，观赏时间极珍贵；红叶谷更演绎着历史的深情与悲壮，在这满目皆红的红叶谷中，抗击沙俄将领凤翔将军祭台、抗日大刀会遗址、关东大侠祁永全的抗联密营依然清晰可见，因此红叶谷的文化底蕴极浓厚。

红叶谷沟谷宽阔、日照充足、气候宜人，除迷人的红叶外，谷中怪石嶙峋，飞瀑跌落，流水潺潺，鸟叫语鸣，不绝于耳，置身其中仿

佛步入仙境，令人心旷神怡。极目远眺，不禁使人想起"风吹仙袂飘飘举，犹似霓裳羽衣舞"的绝妙佳句。蛟河是天地赐给我们的梦，是人类的创造与造化达成的默契。

走进蛟河的四季轮回，去延伸无边的梦想；走进蛟河的山山水水，去感受大自然的无穷魅力。在这广袤的森林原野，在这神秘的群山怀抱中，蛟河给了我们一个真实的梦。

蛟河，放歌生命的律动，孕育生机的沃土，依托资源和交通区位优势，大力发展医药健康、土特产品加工、电子商务、生态休闲旅游等产业。

蛟河这座百年老城，如今处处燃起了创业的激情。三大产业园区筑起了蛟河经济发展的架构，一块石头一片红叶五彩经济，让蛟河富民强市的步伐走得更加稳健。蛟河，一幅真抓实干、创新发展的美好画卷正在绘就。这画卷波澜壮阔、气势恢宏；这画卷项目集聚、产业隆起；这画卷改革创新、活力四射；这画卷民生殷实、和谐共赢。亲爱的朋友，欢迎您到蛟河来！

来蛟河，闻名遐迩的庆岭活鱼您不能不吃，素有"森林燕窝""高山鲍鱼"之称的林蛙您不能不尝，保健珍品黑木耳，绿色山珍山野菜，哪一样都会让您口舌生鲜，乐而忘返。来蛟河，您可以到电视连续剧《插树岭》的取景地插树岭村，去享受一次农家之旅；您可以到天岗镇窝集口村的农家果园亲手采摘鲜果，当一回现代农民，体

验丰收的喜悦；您可以走进亚洲第一大酒窖，品尝鲜醇的酒汁，感受古老的酒文化。在蛟河，您还可以探秘松江石棺，寻访拉新战役遗址，体味独特的满族、朝鲜族民俗风情以及独具特色的冰雪旅游。

蛟河，这是一座处处张扬激情、充满活力的城市。现代化的购物中心，多功能的星级旅游饭店、高质量的旅行服务社，秉承互惠诚信，愿交四海宾朋。

蛟河，这是一片孕育希望的热土，这是一座宜业、宜居、宜游的城市，这里的每一方土地，都彰显着实力的底蕴、魅力的光环、活力的风姿，远离都市的喧嚣，尽显自然的美好。

在这青山绿水的怀抱中，和谐的蛟河一定会带着四十七万人民的质朴拥你入怀，带你走向美好灿烂的明天，"红叶之城、魅力蛟河"欢迎您！

（播出时间：2018年5月28日）

驻村书记

【现场音】焦文库：忙着呢，大姐？

女店主：呀，来啦焦书记，看看买点儿啥？

焦文库：那个，给我那贫困户再带两袋饲料，9928是不？

女店主：对，就这个9928。

焦文库：多少钱呢？

女店主：还是给你上回那价。

焦文库：啊，那行，你给我找个东西垫下，我装车。

女店主：这家伙，你现在成养猪户了。

焦文库：没办法，为了给他们省两个钱。

女店主：这是为人民服务了，我看你这是。

女店主：我撅给你，一、二、三——

女店主：好嘞，我帮你拖着点儿。

2015年，中央下发了选派各地优秀机关干部到村任第一书记工作的通知，吉林市城市管理行政执法局干部焦文库被派到蛟河市松江镇南台子村担任第一书记。

在任期内，第一书记要紧紧依靠基层党组织，做好基层组织建设，开展精准扶贫工作，到现在焦文库已经在南台子村整整工作三年了。

【同期声】焦文库：刚来到南台子村，咱们村里也没啥产业，农民除了种点儿玉米啊、大豆啊，再一个就是利用农闲的时候，到湖上去打打鱼。这两年，湖上管理严格了，也不让随便去打鱼了。再一个，咱们这个村，离吉林市直线距离五十多公里，但是，你要走这个省道，就接近二百里地。

南台子村位于蛟河市松江镇，这里依山近水，环境优美，但由于人多地少，全村四百零一户人家，贫困户就达到七十三户，是一个省级贫困村。

【现场音】焦文库：老牛，饲料给你带回来啦。

老牛：谢谢你啊。

焦文库：不客气、不客气，最近身体怎么样啊？

老牛：还行。

老牛媳妇：这些年多亏焦书记了，焦书记来了这几年，帮我们家很大的忙，有啥事都跑前跑后的，特别是养猪，你受累了焦书记。

焦文库：没问题，你们两口子可得把猪养好。

老牛：养得好啊，多亏焦书记了。

焦文库：好，好好养着。

老牛：饲料我扛吧。

焦文库：我来吧，你来开门。

【同期声】焦文库：他家啊，是三口人，去年，我们通过帮扶企业，帮他儿子解决了长期务工问题,现在每个月能挣三千到四千。今年年初,我们帮助他家引进了八头仔猪,再过几个月就出栏了,这次要出栏的话,也能收入个万八千的,他家脱贫不是个问题,马上就要奔小康了。

生猪养殖是焦文库到南台子村担任第一书记主抓的一项致富项目。2015年,他通过各种关系和长春一家大型养殖公司建立了联系,对方提供仔猪和饲料,农民负责养殖。

【同期声】焦文库:这个就是我们争取国家扶贫资金,投资八十万元建立的现代化养殖场,现在有三百一十七头存栏猪。我们采取贫困户入股和村民参与的方式,开始启动了,这就是我们南台子村和贫困户的希望。

好事多磨,2016年初春建起了养猪场,首批养殖的三百五十八头黑山猪快到出栏的时节,遭受灾害,二十九头成猪掉头了,猪场并没有赚到钱。

【同期声】养猪户1：去年养猪这个项目上，可能缺少经验，收入好像不太可观。

【同期声】养猪户2：去年发大水造成的，再加上经验缺少，造成很大损失。

然而，村民对焦文库主抓的这个项目，还是信心满满，村民集资入股养猪的户数有增无减。

【同期声】养猪户：焦书记，现在大伙儿都管他叫"猪书记"了，他来的时候，穿得溜光水滑的，现在没承想，他为农民真带来不少好处，建这个猪场，他整天跑来跑去，头两天进料没钱，他从自己家拿钱买料，真给俺们村民办好事。

今天焦文库起得格外早，本打算坐早班车到长春协调成猪回收事宜，哪想，村民的一个电话让他不得不改变行程。

【现场音】焦文库：喂，霍主任，什么，他闹情绪了？你控制点儿局面，别发生正面冲突，那行，我马上过去。

　　焦文库接到的这个电话是村治保主任霍能富打来的，为了整治村屯环境，村里临时组织几名贫困户上街打扫卫生，可霍能宝却犯起了横。

【现场音】霍能宝：村里有活儿为啥总找我，知道我家里多少活儿不？你们时间还那么长，早上七点开干，到晚上才不让干活儿，你们爱找谁找谁吧，我真不干了，我干不了，现在地里庄稼都得病了，还没有药打，没钱买药呢，你们能不能给我解决点儿钱的问题啊？

　　焦书记：霍能宝，这就是你的不对了，咱们村那么多贫困户，为啥用你，不就是想让你多增加点儿收入？你今天耍态度，还不想去，刚才跟主任说的话我都听见了，一会儿赶紧向主任道个歉。

　　霍主任：现在你这个态度肯定不对劲儿，因为现在村里条件比较好了，所以说呢，有什么活儿先考虑贫困户，不然的话，找谁都能干。

　　霍能宝：你们去年鼓励我种黏玉米，现在黏玉米我种了，苞米在那撂着，草也出来了，怎么整啊？现在打药也没有钱，能不能给我贷点儿款，要不给我担保吧。

霍主任：咱们去年种了黏玉米吧，但是咱也赚钱了，你赚的钱呢，哪儿去了？

霍能宝：钱，钱是挣了，那不吃、不喝、不花啊？那点儿钱当啥啊。

霍主任：你挣点儿钱就吃、就喝了，那你能怨我们吗？

焦文库：这个事就是霍能宝你不对了，挣了钱，也得有计划地去开销，是不是？今天找你来干这活儿，你赶紧去干，不干就赶紧走人。

霍能宝：我也想好好过，现在不是没有钱嘛，现在苞米也得病了，哪儿都需要钱，草也出来了，现在一点儿钱没有，焦书记你看怎么整，不行你先借我点儿。

焦文库：不就这点儿事儿吗？起来，就这点儿事儿，赶紧干活儿去吧。这个药钱我先给你垫上，到时候再说吧。

霍主任：焦书记，你看前面就是霍能宝家的地，咱们到地里看看情况。

焦文库：了解了解，看看啥情况，也不能光听他一面之词，那这种情况下得用点儿什么药？

霍主任：名途加烟嘧磺隆，效果应该不错。

焦文库：给王经理打个电话，我看看他那儿有没有……喂，王经理，你那店里有没有名途加烟嘧磺隆，你那儿有啊？一会儿我过去取点儿，好嘞，再见，再见……霍主任，他的药店有这个药，那一会儿我过去给他取点儿，走吧，咱俩先回去。

下一周，吉林市第一书记代言产品展览会就要召开了，这两天焦文库在忙着组织参展产品。

【现场音】焦文库：师傅，在家呢！

师傅：哎呀，焦书记来啦！

焦文库：这两天下了几场大雨，对咱们有啥损失没？

师傅：啥损失没有，咱这位置放得高。

焦文库：那就好，那就好。

师傅：这雨也不大，地旱，下一点儿就让地吃了，没事儿，挺好。

焦文库：我今天来啊……

师傅：给你个帽子戴上。

焦文库：这两天，组织部门召开个会，关于驻村第一书记代言本区农特产品这个事，我和几个村干部在一起研究了一下，咱们村现在除了甜黏玉米，现在是刚种，咱们村养蜂的还有七八户。

师傅：啊，不少。

焦文库：你家养蜂时间最长、年头最多，是不是？

师傅：是，老师傅了。

焦文库：就是成老师傅了，村里的意思，能不能代言一下蜂蜜产品。

师傅：这是好事儿啊，你看看咱们这蜜。

焦文库：这叫椴树蜜。

焦文库：今年，我这个书记给你代言，也希望你双丰收，下一步，给咱村里的贫困户也带动带动。

6月5日，吉林市世纪广场人头攒动，"第一书记"代言产品暨帮扶成果展隆重开幕，焦文库和吉林市一百零九名机关单位派驻贫困村的"第一书记"一起进城摆摊儿，为昔日"藏在乡村人不知"的优质土特产品代言。

焦文库代言推销农产品，他所在单位吉林市城市管理行政执法局的同事也来帮忙，展台前人头攒动，显得十分忙碌。

【现场音】焦文库：今天上午销售得怎么样？

卖家：相对来说，蜂蜜卖得比较多，蜂蜜卖了三箱多，六十三瓶。

焦文库：六十三单呢，木耳呢？

卖家：木耳卖了二十七袋，还有榛蘑。

焦文库：榛蘑销售怎么样？

卖家：榛蘑卖了二十五袋。

焦文库：二十五袋榛蘑。

卖家：还有榛子和松子，松子卖了十五袋。

焦文库：现在看，上午的效果还是不错的。

长春养殖公司计划今天进村回收毛猪，焦文库和村委会的主要成员们提早赶到了猪场。

【同期声】焦文库：这个就相当于咱们家猪的身份证，一个耳朵上一个标，从咱们这儿出栏，上车，到屠宰场，屠宰场那边把信息直接录入电脑，这叫可追溯产品。

夏季雨水大，中午拉猪的车刚到，一场大雨也跟着下了起来，这给抓猪带来了不少麻烦。

【同期声】养猪户：现在卖四十一万了，一百四十头猪，才卖一百四十头，还剩一百六十头呢，有啥算不出来，就算那一百六十头卖四十万，这就八十多万了，八十多万去了投资七十万，眼瞅着还剩十多万。

一百四十头猪纯收入四十一万元，刨去各种费用净利润六万多元，焦文库和村支书李斌心里的石头总算落了地。

雨过天晴，又是一个风清气朗的早晨，今天焦文库依旧起得很早，按照计划，他要和村支书李斌一起到长春去签订黏玉米销售合同。

【现场音】焦文库：李书记，走啊，走。

李斌：我开啊？

焦文库：你开吧，李书记，刚才忘了把后备箱打开了。

李斌：干啥呀？

焦文库：我把饲料再捎点儿。

李斌：还捎饲料啊？

焦文库：一趟能省五块钱是五块钱。

……

（播出时间：2018年9月1日）

齐双的老相机

这是一个正在远去的时代,这是齐双藏在一个个抽屉里的黑白世界。从一个瞬间到一个时代,一个农民摄影爱好者用四架普通相机记录下了如此鲜活的生活瞬间。

齐双是蛟河市拉法街一名普通的农民,一个偶然的机会他与照相机结下了不解之缘。

【同期声】齐双：大概是在1978年吧，有一次到蛟河看摄影展，我看那些照片拍得都不错，我寻思我有相机我也能拍出这东西来，我慢慢学我也能拍出来。我回家就和我媳妇儿说赶明儿我也买个相机，完了我媳妇儿不同意，可不行买那玩意儿，现在哪有钱啊？没钱买什么。有一次媳妇儿没在家，我偷着把猪卖了，之后我就上趟吉林，我就说串门儿去，道上我就把相机买回来了。

从此齐双开始了他的摄影生涯，那时候能身背照相机走村串户上门照相，对一个农民来说是一件非常光彩的事情。

【同期声】齐双：我这盒子里面都是用这台相机拍的，这台相机当时在农村是比较先进的，你看是这么用的（操作相机），是这么取景用的，这个拍片子效果比较好。你看这个上卷是这么上的，后面这么一拧一按就是一张，这一张是改革开放分地的时候，我们家分到地了，建的大棚；这个呢，是分产到户了，农民高兴了，秋天丰收了，热火朝天地打场。

在那个年代，照相机还属于高档奢侈品，拍张照片的确是件不容易的事，留下了一幕幕令人难以忘怀的场景。

【同期声】齐双：这个20相机用的是这个长度的胶卷，120的胶卷，当初这种胶卷就是自己拍完了自己冲，洗胶卷的时候自己弄个洗相仪，自己印。等到80年代末，90年代初，人民生活水平提高了，婚礼、祝寿都得找专业摄影师了，我在这时候算是比较有名了，我呢就得买个好相机。这拍的就是当时农村结婚的，那时候农村有钱了，这是抬大轿，这么多人，在院子里摆了好几天，架上大锅，全屯子人全部出动，炒菜干啥的，得两三天吧。

进入到21世纪，百姓衣袋里的钱日渐增多，齐双的相机也越换越高档，齐双觉得这样才能适应大家的需求，生意也会越来越好。

【同期声】齐双：2000年以后吧，时兴数码相机了，我寻思我也买一个吧，我得买个好的、专业的数码相机为大家服务啊。结果我买了以后呢，活儿还是不行，因为啥呢，我这才知道人家家庭都用小数码相机了，不花这钱了，不请专业的了。后来怎么办呢，我就转行了，改成专业创作了，就拍农村新生活、新面貌，就是养鹅、养羊、养猪专业户什么的，就拍这些东西。拍完就到处投稿，发表作品，就更出名了，大家现在都认为我是农民摄影家了。

齐双拍摄的这些照片体现了浓厚的乡土气息，也正是这一张张源于百姓生活的照片，让齐双在各大报纸、杂志中有了名气。2016年，齐双将他创作的近千幅照片进行了整理，在蛟河举办了齐双摄影作品展。此后，出了名的齐双更坚定了从事艺术摄影的决心，面对蛟河这座优美的旅游城市，他把镜头更多地对准了家乡的山水风光，他要用自己拍摄的作品为家乡扬名。

【同期声】齐双：我决心用我的相机把蛟河的旅游给宣传出去，现在农村都修水泥路了，交通也好了，我就买了个摩托车，拉法山这些景区我都去，有时间就去，早上就上拉法山，日头出来之前必须得赶到拉法山上。骑摩托车天还漆黑就走，拍完日出要是不太忙就去松花湖，拍日落。蛟河的红叶谷特别特别美，正是黄金季节，农村也是黄金季节，正是秋收的时候啊。那也没有办法啊，你过几天拍就没有了啊。那时候我媳妇儿就有意见了，她就和我说："没正事儿，整天拍红叶谷红叶谷的，自己家的苞米不扒。"

【同期声】齐双妻子：我也是不愿意啊，不愿意也没办法，他也爱好这玩意儿啊，成天就是忙忙乎乎的，就是这么走，在家干活儿都不能吃这么大苦，要说上山拍片，啥苦都能吃。

近年来，蛟河出版了三本宣传画册，80%的作品是由齐双拍摄的，去年在上海举办的东三省旅游作品展上，蛟河选送的二十四幅风光照片都是出自齐双之手。这些年来，齐双共有十一幅作品在全国摄影大赛中获奖。在今年举办的第八届全国农民摄影大展中，他应邀作为唯一的农民评委。

【同期声】齐双：你看这是松花湖，这必须得晚上，不是晚上拍不到晚霞，你看这些都是晚霞；这是老爷岭，半夜一点钟就得走，日出之前必须得赶到山上才能拍到这个效果，得走四五个小时才能到山上；你看这拉法山必须得起早赶这雾，不起早赶不上，这都是红叶。

如今齐双拍的照片已经数不清到底有多少了，可是齐双却能清楚记得拍每张照片时的场景和心情。老相机给他留下了曾经的记忆，温暖并充实着齐双的情感和生活。

【同期声】齐双：从1978年开始拥有第一台相机，到现在已经四十年了，这四十年呢，我这相机就换了一大堆了。从二百多块钱的相机到现在六七千块钱的相机，你说这差距多大，这差距相当大了，从三十年前的茅草屋，到现在的高楼大厦，小康村都建上了，都小洋楼了。你看这农村的妇女以前穿的都是花棉袄，现在都打扮得相当洋气了，和大城市的人都没啥区别了。这是新区没建设之前的荒草地，现在都是高楼大厦了，变化真是太大了，这四十年间最不可想象的就是这变化了。

照片为我们定格了值得回忆的瞬间，也让我们以更加直观的方式，在尘封多年的影像和鲜活的图片中品味着时光的记忆。

（播出时间：2018年9月22日）

老马家的全家福

伴随着 2019 年钟声的敲响,我国改革开放已经走过了四十年的光辉历程。四十年来,祖国不断发展壮大,人民生活水平日益提高。今天的这期节目,我们通过一位农民拍摄的全家福,为您诠释改革开放四十年来百姓生活的发展与变迁。

这一组黑白照片记录的是一个远去的时代，也是马学彦留给自己、留给未来的一段回忆，正是这一段段黑白记忆，记录了那个时代人们的生活面貌。

今年五十九岁的马学彦是河南街碾子沟村的一名普通农民，接触摄影后，摄影创作就成了他种地之余最忙碌的事情。马学彦和齐双都是我市摄影家协会的会员，闲暇之余，他们就经常在一起采风，搞摄影创作。

与齐双不同，马学彦的摄影风格更趋向于记录身边的人和事。早在多年前，马学彦还没接触摄影，也没有照相机，但他总是想着让别人用相机记录下自己生活的点点滴滴。

【同期声】马学彦：这张照片是1983年，在大街上有人喊"照相，照相"，我一听，觉得我们来个全家福吧，就给照相的喊过来了，把新衣服找了出来，就照了这张相片。

1997年，马学彦在老家盖了新房，儿子十六岁了，要外出打工。为了记录下这一时刻，马学彦来了兴致，又求人在自家的拖拉机前按下了快门。

【同期声】马学彦：1997年，我儿子十六岁，他要出去打工，走之前，在拖拉机前照了这张照片。

马学彦的妻子曲昌兰比马学彦小三岁，虽已近花甲之年，却还在外面打工贴补家用。说起老马搞摄影，她的心情十分复杂。

【同期声】马学彦妻子：当时不太能理解他为什么喜欢摄影，总吵架，他天天照相，家里活儿也不干，我特别生气，后来我想，这个年龄，有个爱好是个好事。他跟孩子在一起，拿着相机就拍，把很多温馨的瞬间都记录下来了。

2006年，远在图们的姑娘芦玲玲嫁入了马家。儿子结婚，那是全家最大的事。从此，老马的全家福里就多了一位成员。

【同期声】马学彦：我们两口子很喜欢儿媳妇儿，这孩子人勤快，性格好，这是他们结婚当天的全家福。

记者采访当天，还跟随马学彦来到了他位于河南街碾子沟村的老家，马学彦对这座住了几十年的老宅有着十分深厚的感情。

【同期声】马学彦：这是在九几年盖的这个房子，现在得有二十多年了，是我结婚时候盖的。

2007年，大孙女马依涵出生了，孙女的降生为马家带来了无尽的欢乐。如今，孙女已经上小学四年级了，学习特别用功，老马除了搞摄影外，还要辅导孙女的功课。

以前，带上设备出去采风、搞创作是件很麻烦的事。2011年，马学彦买了一辆面包车，有了这辆车，和摄影爱好者们跋山涉水去采风就方便多了。

【同期声】马学彦：现在我开着这车出去采风，挺方便的，七座的，能坐的人多，我们摄影的朋友一起出去拍照，我就开着它，他们给起个外号，叫"小坦克"。

儿子结婚之初,是在图们安的家,但是每年过年都要回到这边跟老马团聚,儿子一家三口回来过年,老马自然抑制不住心中的喜悦。

【同期声】马学彦:他们每年过春节都回来,我们都会拍一张全家福,一年一张。

在一家人的努力下,日子一天天地好起来。2014年,马学彦一家从农村搬到了城里,辛辛苦苦一辈子,在晚年住上了楼房,这让马学彦很欣慰。

随着国家二胎政策的开放，搬入楼房的第二年，马学彦的孙子马梓骞也降生了。这下，老马可谓孙子孙女双全，尽享天伦之乐。

【同期声】马学彦：这张照片是2016年拍摄的，我孙女孙子都有了，凑成了一个"好"字。

现在，只要有时间，老马在家里都会拿出相机给家人拍照，妻子、儿媳忙碌的瞬间、孙子孙女开心的一笑，都被老马收录在了镜头里。在他看来，自己的年龄越来越大了，只有通过这一张张照片才能让自己给未来留下点儿回忆，留下点儿念想。

【同期声】马学彦：每隔一段时间，我们全家就拍一张全家福，孩子的成长历程都被我都记录了下来，我的生活也从农村到城市，反映了社会发展越来越好。

这一张张全家福唤起了人们太多的记忆，这些照片在印证老马家生活变迁的同时，也见证和记录着这个时代的变迁、社会的发展和百姓幸福指数的提高。

（播出时间：2019年1月5日）

最后的木帮

【现场音】李甫林：还用再抱点儿柴火不？

王德荣：不用，你看看柴火够开锅就行。

李甫林：那要不够还得上外头抱去，趁这阵儿有时间。

羊年春节刚过，农村喜庆与喧闹的年味儿还没有散去，李甫林家也是这样。尽管儿女都在外地，但老两口儿的日子依旧过得有声有色。

【现场音】李甫林：你瞅你，这不一边喝一边等着你呢，你来吧。我就喝一口。

几杯小酒下肚，老李又想起了早些年在山场抬木材的事。

【现场音】李甫林：我很想再回去，找找二愣子、老付、小姜，小姜俺俩对面肩子，俺们这些人可有默契了。我号子一响……

王德荣：本来吧，就不想让你干这个，现在年龄大了，再说现在也不干这个了，天天就说这些个事。

李甫林：你干不干也是这么回事，现在我就想，我就总回味，忘不掉，做梦我也想这个事。

对于李甫林来说，这两年最大的梦想，就是再当一回木把头，再抬一次木头。

一大早，老李就做好了出门的准备。

【现场音】王德荣：哎，手机落了！不让你去吧，不去就不行，说去就得去。

　　　　　李甫林：那不去能行吗？

　　　　　王德荣：稳当点儿，注意安全。

　　　　　李甫林：知道。

　　　　　王德荣：早点儿回来，家里有的是事。

今天老李要去四十公里之外的前进乡平地沟村，联系曾经做木帮的伙计们。

【现场音】李甫林：真是不容易啊，找你们还得再操练操练，还得准备准备。躺那儿没啥事寻思寻思吧，就寻思这伙人在一起呼号的，吹啊、侃的也不累。这是累活儿，但是苦中有乐，真的，这里有老多乐趣了。

对于一位抬了大半辈子木头的老李来说，年轻时曾经的拥有和付出是挥之不去的记忆。

【现场音】李甫林：晚上收工了，吃着饭，小酒杯一端，高兴劲儿又上来了，就像抬木头的劲头似的。当放下酒杯，一个个就完了，喝迷糊了都。穿上衣服，都别感冒了。买几个帽子大伙儿看看行不行，我看这玩意儿挺好，我在市场溜达，逛市场，一看有狗皮帽子，当初戴狗皮帽子，多好啊。

伙计：这玩意儿好啊，戴上暖和，老暖和了吧？

李甫林：我一看，剩下的帽子都让我包了。

伙计：你戴试试没？

李甫林：我试了，你戴这帽子像特务，哈哈哈哈哈……

从2016年开始，国家全面实施封山育林政策，东北长白山林区将全面进入禁伐期，老李他们觉得要想再圆一回木帮梦，只有抓住今

年最后的进山机会。冬季,山里出奇地冷。按照提前的约定,一大早,老李就赶到了于立平的窝棚处,他准备在这里和他的伙计们再当一回木帮。

【现场音】伙计:又把一家子(木帮行话)出来了,你看这小窝棚亮堂的,坐下歇会儿,把你累够呛吧?

李甫林:不累,还行。

伙计:平哥开车接的你,真不赖。

李甫林:你媳妇儿呢?

伙计:媳妇儿买菜去了。你岁数大,喜欢热乎,挨着我。

李甫林:那行,我就在这儿。那你俩用挡上点儿不?

伙计:挡什么挡,又不是一年半年的。

李甫林:没说儿的,都这么大岁数了。

伙计:我这担心小杠耽误事,我就让平哥赶紧把我们一家过来。

李甫林:行,我们来都可以,我们这伙人比以前还棒。

伙计:那是肯定的,怕你爬犁供不上我们干。

于立平承包的木材作业区在老爷岭脚下一个叫马鹿沟的密林深处,为了便于作业,于立平起早派人选在作

业区一个开阔避风的地方，用木帮和塑料布支起了这个马架子房。

【现场音】伙计：晌午喝点儿酒行，抽烟不行啊。

空谷里，瑟瑟寒风整整刮了一宿，早晨起来，风小了很多，可气温骤降到零下三十度，老李起得很早，他要凭感觉在山场附近找到一棵"神"树，准备祭山。

上午八点，老李带着木帮兄弟拿着事先准备好的贡品，开始了庄严而隆重的祭山仪式。

【现场音】李甫林：开山啦！南来的，北往的，各位山神、土地、老把
　　　　头，我今儿带着老少爷们儿，来这儿干活儿挣点儿钱，求老
　　　　把头保佑俺们平安、顺当！来，磕头！

木帮们对山林有着本能的敬畏，开山伐木充满风险，顺利和平安在他们心中变得异常珍贵和难得。

【现场音】李甫林：敬天，敬地，老把头。

伙计们：一家来一口。

按照常理，祭山这天就是伐木人的节日，山上的所有人都要来祭拜"山神"，场面像过节一样，以此保佑平安。可于立平他们的作业队工期紧，开山后就直接赶着爬犁上山了。

木帮作业分为归堆、倒楞、运材等部分，老李的这些木帮伙计们今天的主要工作就是归堆。按照东北林区的古老说法，运到楞场的木材归楞装车是一项既要力气又要技巧的重体力活儿。

【同期声】伙计们：多少年哪，都没跟老李在一起了，这回一听老李的号子，感觉不减当年啊。嗷嗷直响，这号子真响。那时，想当年老李的号子一响，震山河，都知道。

【同期声】李甫林：现在吧，真是差劲了，岁数大了，真有点儿力不从心了。现在，真要是再不喊了，白瞎这号子了。想当年，你说那号子真响。我要一喊号，谁都不吱声，那些号都不吱声了。特别遇到大木头的时候。你说那年，我去大楼办事，我寻思这些人怎么都不动弹呢，都在那儿围着木头转，我想起来了，这可真是"木头浪，大木头逛"，抬不动就下杖子。他们说你来吧,把头。这木头你不来,那动弹不了,上不去。来吧,我把扒门子就接过来了,接过来号一响,这帮人眼珠就瞪起来了,真就不赖,唰唰几个号就上去了。你说那劲头从哪儿来的呢?那真是精神作用。还有一回抬那大家伙,那老哥就要这个杠子,大伙儿说这不行,抬不动,那老哥顺兜儿把老头票往木头上贴一张,这帮人瞅瞅,弯腰挂一下,其实吧能起来,就不起来。没招儿,又拿一张,又贴上了,大伙儿瞧着钱也来精神了,嗷嗷地上。

已经很久没做杠头的李甫林唱起号子来依旧是那样激昂嘹亮。随手拈来的号子语在伙计们的齐声相和下依然充满豪情、充满魅力。

【同期声】李甫林:号子吧,就是能振奋起来精神,主要也是起到精神作用。不管你是拐弯是干啥,都得听统一号令。你往这儿走他往那儿走,哪里倒歪斜,步伐必须是一致。对,另外眼睛里有活儿,这块儿木头,头杠必须看准要搁到哪儿。第一号,号召什么呢,这些人准备好,站好了,各就各位,拿扒门、拿杠的、拿钩子的都准备好；第二号几乎就弯腰了；第三号就起来了。都先迈挨着木头这个腿，大小肩都是，大肩迈这个腿，小肩也迈这个腿，这就步伐一致了。这个东西吧，也不是死教条，不是谁定的死规矩，都是在干活儿中积累的经验。

号子没有固定的唱词，全由领唱人也就是把头即兴而来，从开始的哈腰挂到撑腰起，迈开步往前走，直到抬木途中见景生情，见物比物的表达。最后到了楞上怎么放木，哪边先落下这些细节都要由号子完成指挥。

【同期声】李甫林：这个喊号吧，它是个半截号。就像说话说个半截话似的，就像扭秧歌似的踩着鼓点，木头才能抬走，还能稳当。

对于木帮们来说，似乎没有抬不动的木头，无论多重、多大的木头，只要一声令下，都能抬得起。正所谓"人心齐，泰山移"，也许这就是木帮的精神力量所在。

　　森林活动使得每一个小杠必须会喊号、接号，并运用号子去工作。这是一种自然行为的歌声。

【现场音】李甫林：得劲儿是得劲儿，就是上不来气儿。就这块木头，以前噜噜的。

　　几趟木头下来，老李和这些伙计们也有些力不从心，毕竟十多年不再从事这项重体力活儿了。随着机械化的大规模普及，搬运木材很少再靠人力了，木帮这个行业已经退出了历史舞台。望着不远处楞场里叉车、吊车等现代化机械设备的使用，老李他们更多的是无奈。

【现场音】李甫林：你看现在，人家那机械化多硬，咱们那个时候一副肩使大劲儿能抬个百十来米，八个人累够呛。你看现在机械化，一抓都好几米，一天就干好几百米。

　　山里作业一般都是两顿饭，下午三点，最后一趟爬犁下山，标志着一天的工作结束了，驻地里的窝棚顿时热闹了起来。

【同期声】伙计：就喝这水，纯正的矿泉水。

担水，喂马，收拾工具……木帮人从不闲着。他们要在晚饭前为明天上山工作做好准备。

【现场音】伙计们：

    尝尝豆包，熟了吗？

    熟了。来一个，还有大煎饼呢。

    好吃不？

    好吃。

    搁点儿糖不？不甜，搁点儿糖呗。

    还行，甜。

    给我留两个，别都吃了，我干活儿呢。

今天，伙食员小霞蒸了一锅豆包，吊起来这些很久没有回家的木帮伙计们的胃口。

【现场音】伙计们：

    你先别来，先可你来。

    你吃几个？

    仨都不够。

    再来一个，烫手啊。

晚饭就一道硬菜，猪头肉炖豆腐。

【现场音】伙计们：

你俩喝一个。

走一个，你满上啊。

咱四个喝一口。

干一半，喝。

来，干一个，来一口。

借着酒劲儿，多年不见，如今重操旧业的老伙计们话题更多了起来。

【现场音】伙计：哥几个抬半辈子木头了，攒下啥了，啥也没攒下。不像老李，抬木头攒个媳妇儿。不抬木头媳妇儿都说不上，就你那样的。抬小杠的，挣钱多。说媳妇儿人家都愿意跟啊。不抬木头他媳妇儿都说不上。

李甫林：我跟你说，那叫马力足，业务熟。两肩一个号，我想低调都不行，为什么说想低调都不行呢？活儿在那儿，咱有这实力，咱有这马力，给你钱你不去挣啊？所以说，逼着你得挣。谁看见挣钱的人他不向上冲。你老付，你这些年抬木头也没少挣。

诚实、守信、豪放、坚韧，一代又一代木帮人这种无所畏惧的人生品质，至今仍然影响着关东人的性格和处事准则。

【现场音】伙计：来，干一个。这一行，以后也就没了，拉倒吧。没有了，结束了，封山育林了。告诉我儿子，你爹就是干这玩意儿把你养大的就行了，再往后就不用这玩意儿了。

随着东北林区停斧挂锯时代的到来，轰轰烈烈的伐木生活已经不复存在了。对于老李他们来说，木帮是一次送别，更是一次永恒的守护……

（播出时间：2019 年 3 月 2 日）

灵芝村长——朱建全

如今，微信已经成为人们生活中一个重要的社交平台。在黄松甸镇有个叫朱建全的年轻人，他在网上自称为"灵芝村长"，实际生活中他是黄松甸镇南顶子村的村主任。近年来，他带领村民发展灵芝种植业，让村民走上了致富之路。今天，我们就去认识认识这位"灵芝村长"。

这是黄松甸镇信和农副产品有限公司灵芝椴加工生产的现场。这样繁忙的场景一个多月来天天可见，开铲车的这位就是村主任朱建全。

【同期声】朱建全：现在我有两个车间，一共四十人，每个人都分工明确。

这个占地五百平方米的厂房是南顶子村新建的灵芝种植基地，记者在基地的加工车间看到，四十多名村民正忙着制作灵芝菌椴。

朱建全的妻子张秋霞是基地的技术指导，眼下，她正带领七八名工人在给灵芝接菌。

【同期声】朱建全妻子张秋霞：三个小时我们可以接菌一千多椴，七个人一起干，还是比较快的。

短短一上午时间，张秋霞和其他几个姐妹一起就给一千多椴灵芝接了菌。

朱建全今年三十四岁，张秋霞今年三十三岁，他们都是土生土长的黄松甸人，他们的年龄也和黄松甸食用菌产业发展的时间相仿，他们是在食用菌产业发展的熏陶下长大的。木耳、灵芝的栽培技术不是很复杂，他们似乎生来就会栽培灵芝和木耳。

朱建全虽然年纪轻轻，但阅历丰富，初中毕业后他就开始闯天下。

2007年在外面闯荡一番后，朱建全又回到了他的家乡黄松甸镇南顶子村种木耳和灵芝。2013年，朱建全开始大面积种植灵芝。2015年，他带头成立了灵芝种植专业合作社。2016年，朱建全注册成立了信和农副产品有限公司，并注册了"吉甸园"商标，也是在2016年，朱建全当选为南顶子村的村主任。

2017年，南顶子村已经种植灵芝四百栋大棚，2018年，朱建全在黄松甸镇建立了七公顷的生态灵芝种植基地，种植灵芝二十四万椴。他也被蛟河市委、市政府评为"蛟河市劳动模范"和首届"蛟河工匠"。

这个"蛟河工匠"，朱建全当之无愧，在灵芝种植上，他还真搞了不少发明创造，大大提高了劳动效率，降低了劳动强度，这些小车就是朱建全发明创造的。

【同期声】朱建全：我自己设计的装货车，能装一吨左右，用四个人工装车就可以了，节省了很大的劳动力。

今非昔比，同样是生产灵芝，朱建全这代人比之他们父辈那代人，生产条件、销售手段、市场意识都有了较大提升。

【同期声】朱建全：做这个品牌，是为了让更多人来了解黄松甸和"吉甸园"这个品牌，让消费者吃到更好的东北灵芝孢子粉。

去年，朱建全种植了八万椴灵芝，收入近百万元，今年他准备种植十万椴灵芝，比去年增加两万椴。

【同期声】朱建全：我们之后想在包装上做一些改进，再谈一些代理商，有香港和广州的，带动本村和周边的经济发展。下一步，我们还想融入旅游业中，作为蛟河的一个观光项目。让游客看看灵芝是如何种植出来的，怎么采收的，让更多人知道我们黄松甸灵芝产业。

"我就想让更多的村民通过灵芝种植走上致富之路。"这是朱建全常挂在嘴边的一句话。一个把自己昵称叫做"灵芝村长"的年轻人，他的梦想有多大，也许只有他自己知道。

（播出时间：2019年3月23日）

从"百草园"到"三味书屋"

保护野生动物,维护生态平衡,是生态建设的重要环节之一。近年来,越来越多的人加入到保护野生动物的行列中来,"保护动植物,从我做起"已不再是一句空话。今天的节目,我们为您讲述天北镇李荣富的"绿色环保情"。

李荣富是天北镇九年制学校的一名生物教师,从事教育工作已三十余年。从 2003 年开展野生动物救护工作,一步步发展至今,已经成立了十二个环保小组和两个野生动物救护站,并对全镇二十三个村九十六个屯开展环保宣传监督。

2016 年,李荣富在天北镇马鹿沟村建设了一座占地近二百六十公顷的生态动植物园,主要是为了更好地保护野生动物,并作为他生物

教学的课外基地。对李荣富来说，建设这座生态园是他毕生的梦想，为了建设好这座生态园，李荣富可谓是举全家之力，倾尽了所有。

【同期声】李荣富：2016年我建的植物园，占地面积很大，我爱人的工资、儿子的工资加上我的工资，基本上都投入到这里了。每个人都有一个梦，我的梦就是建一个植物园，这是我的"中国梦"。

2017年，由李荣富建设的我省首家面向青少年的"小小生态图书馆"在我市天北镇落户了。在这里，李荣富为他的学生构筑了一座现代的"三味书屋"。走进图书馆内，映入记者眼帘的是琳琅满目的书籍，其中以生态科普类的居多。天北镇的孩子在课余时间都会跑到这里阅读书籍，通过这种方式，孩子们了解到了一些课本上没有的知识，也拓宽了他们的视野。

在图书馆的墙上，记者被满墙的照片吸引，照片记录了李荣富和他的学生这些年来参与保护野生动物的影像。照片记录的不仅是记忆，还镌刻下李荣富为实现梦想所走过的每一个足迹。

【同期声】李荣富：这是2006年救东方白鹳，当时我儿子才上小学四年级。接下来，我们开展了一些活动，这是孩子们救助的刺猬、狍子，等等，你看这孩子的笑脸，这种开心是发自内心的。

这张照片是非常有代表性的，据李荣富说，为了让授课更直观生动，他将一只活的苍鹭带到了课堂。

【同期声】李荣富：这是我的观鸟课，正好我建了一个乡村观鸟俱乐部，我就把苍鹭放到课堂上给孩子们讲解，它很配合，看看我，看看孩子们，这属于零距离接触。

李荣富告诉记者，生态图书馆是孩子们获取知识的理论阵地，图书馆外这片生机盎然的土地，便是他组织建立的生态动植物园。

为了实现这种全新的教学模式，李荣富将这里打造成"生态教学基地"。目前，这里有七十余种野生鸟类、六百余种中草药植被、一千余种野生植物，是一座名副其实的"百草园"。

【同期声】李荣富：这个植物园已经建了有四年，去年我就在这儿建了个"百种药植园"，根据季节的不同，目前移进的植物已经有二百多种。我的想法是把这里建成一个科普教育基地，五年之内我想出一本书，把这儿的上百种植物都收录到书里面。

现在只要有时间，李荣富就会带着孩子们来到这里，让他们认识山上的每一棵树，了解园内的每一种鸟。图书馆配套一个生态动植物园，理论和实践结合，教学与兴趣相辅，恰好弥补了孩子们的"自然缺失症"。

去年，中国野生动物保护协会印制了新修订的《野生动物保护法》科普绘本，李荣富将这些精美的画册带到了课堂，带到了林区。天北镇的野生动物基本都出现在林区，为了能做好宣传，李荣富积极与天北林场协调，共同开展野生动物保护工作。

2016年，在建设生态动植物园的同时，李荣富在园内栽种了近十公顷的绿色水稻。据他介绍，粮食安全生产也是野生动物保护工作的重要内容之一，是人与自然和谐发展的重要保证。经过四年的发展，如今，李荣富的生态园内已经发展绿色水稻十五公顷。

田瑞波是李荣富的妻子，这些年来，李荣富一门心思地搞生态园，带着学生们开展野生动物保护活动，家里自然就照顾得少，谈起这些年的点点滴滴，田瑞波对丈夫从埋怨到支持，更多的还是为丈夫今天的收获而喜悦。

【同期声】李荣富妻子田瑞波：当时他总不在家，家里都是我一个人在照顾，每天都很累。后来他带动很多人一起去保护动物，我看到后为他高兴，就很支持他。

妻子的支持对李荣富来说，是他开展野生动物保护最大的鼓励。现在，只要在家，李荣富就带着妻子一起到生态园领略大自然的美好。

接下来，李荣富想通过努力，将天北镇打造成全国的"环保镇"，让更多的人加入到保护野生动物、保护环境的队伍中来。

【同期声】李荣富：我的梦想是将天北镇建成全国的环保镇，这个想法一定能实现，在天北镇破坏野生动植物就好比"老鼠过街，人人喊打"。像"地球日""环境日"，我们还会继续开展活动，把保护野生动物活动跟自然相结合，不光要保护野生动物，还要保护环境。

小小图书馆、生态百草园、无公害水稻、全国环保镇……李荣富的梦想还在继续，天北镇也在他的带动下一步步成为野生动物环境保护的乡镇。最后，我们祝愿李荣富的梦想会像这片生机盎然的生态园一样开花、结果。

（播出时间：2019年9月7日）

长跑老将——王占和

眼下已是春暖花开的时节，越来越多的人走出家门，投入到户外健身行列中。在我市，有这样一位长跑爱好者，他数十年如一日地坚持长跑，从组织几名爱好者一起参与，到成立长跑协会，再到带领队员参加大大小小的马拉松赛事，他一直奔跑在最前沿。年逾古稀的他从未停止奔跑的脚步，他就是我市的长跑老将——王占和。

2019年11月，在中国田径协会主办的第九届贵州环雷公山超一百公里国际挑战赛中，我市长跑界的"常青树"王占和荣获"终身荣誉"大奖。据说，这个奖项是专门为王占和打造的，因为他创造了"三个之最"。

【同期声】王占和：我在这个赛制上做到了三个之最：年龄最大、老年组成绩最好、参加次数最多。

来到王占和的家中，记者眼前一亮，墙上有数不清的奖牌和多年来参加各种马拉松赛事的照片，这些奖牌和照片记录了王占和这些年在长跑运动上收获的成功以及背后付出的艰辛和汗水。

每天清晨，天刚蒙蒙亮，在我市的街道上就会看到这样一个身影：他精力充沛，步伐矫健，奔跑于晨曦之中，他就是我市的长跑老将——王占和。王占和是蛟河机务段一名普通的退休工人，从20世纪80年代开始，出于对健身的热爱，他开始了长跑之路，这一跑，就是三十多年。

【同期声】王占和：我年轻时就喜欢健身和运动，最喜欢的就是长跑，我从 1980 年开始参加长跑锻炼，当初只能跑一公里，到后来我可以参加马拉松，这都是我坚持不懈锻炼出来的。

腰酸背痛，腿疼得几天不敢走路，作为一个长跑爱好者，这些困难王占和都经历过，但是长跑贵在坚持。只有常年地不断坚持，才能体会到长跑给身体带来的益处，也正是这三十多年的坚持，让王占和获得了很多人无法企及的成就。

【同期声】王占和：有时候受伤了才会中断跑步，我经常会跑到很远的地方，渴了就喝点儿山泉水。长跑对我来说是一种热爱，所以我一直坚持着，始终没有放弃。

从20世纪90年代开始，王占和就开始参加各种规模的马拉松赛事，2004年还被授予"业余锻炼之星"称号。但是王占和并没有满足于个人荣誉，而是想通过长跑带动更多的人参与到全民健身的行列中来。

2012年，王占和与我市的长跑爱好者组织成立了"蛟河市长跑协会"，王占和出任协会会长。至此，在他的带领下，我市的长跑队伍逐渐庞大起来，越来越多的长跑爱好者加入其中，不仅使我市清晨多了一道亮丽的风景线，而且在各省、市举办的不同规模的马拉松赛事中，也有蛟河市长跑协会会员们的身影。

能将自己的爱好当作本领去参加比赛，这让长跑协会的老人们兴奋不已，但他们感触最深的还是长跑锻炼让自己拥有了强健的体魄和旺盛的精力。

张淑贤是2007年加入长跑队的。那时长跑协会还没有成立，她就跟着王占和及几个跑友每天坚持长跑。如今，已经七十三岁的张淑贤非常健康，参加过苏州、沈阳、哈尔滨的半程马拉松比赛，她也是这支长跑队伍成长的见证者之一。

【同期声】张淑贤：我跑十多年了，现在身体非常好，参加了很多比赛，王占和带领我们、鼓励我们继续长跑，每当我们想要放弃的时候他都会跑到我们身边，激励我们。

2014年，因为要照顾母亲，王占和让刘成接任了长跑协会会长一职，刘成可谓是王占和在长跑战线上的老战友了。自协会创立之初到现在，二人一直带领着队员们参加大大小小的各种马拉松赛事，斩获了不少荣誉。而对于这位老会长，刘成是敬佩有加，王占和在贵州取得的"终身荣誉"大奖，至今还被协会中的人津津乐道。

【同期声】刘成：王占和很厉害，这个奖在全国也没几个人获得，年龄那么大，获得这个荣誉让我们很敬佩。

从开始长跑到现在，三十余年，王占和获得无数奖项和荣誉，不过在他看来，荣誉的获得并不是最重要的，而是通过三十几年的坚持，收获了健康的身体，结交了志同道合的朋友，并能通过各种比赛让更多的人认识蛟河，才是他坚持长跑的意义所在。

【同期声】王占和：我对荣誉并不是很看重，主要是为了健康，通过锻炼带动了全民健身，参加比赛也宣传了蛟河，这才是我长跑的意义。

王占和说，荣誉只代表过去，如今他七十岁了，值得庆幸的是他还能在长跑的路上继续坚持，只要身体允许，他还要继续跑下去，用他的话说，就是"活到老跑到老"。

【同期声】王占和：我虽然年纪偏大，但也给自己制定了新的目标：七十岁不觉老；八十岁还能跑；九十岁撂不倒；一百岁还挺好！我相信坚持锻炼，有良好的生活习惯，我一定能实现这个目标。

能将爱好当作终生的事业去做，对王占和来说，他成功地做到了，他的梦想简单而又纯粹，能在有生之年继续他的长跑事业，他就心满意足了。在这里，我们祝愿王占和在长跑的路上能够继续勇往直前，跑出人生的绚烂与精彩。

（播出时间：2020年4月4日）

两代人的守护

夏季天亮得早,杨宝山和管护区的工友们早早地起来,简单吃了早餐,便准备开始今天的护林、巡山之路。

【现场音】杨宝山:你俩今天上天桥沟看一看有啥情况,下午回来咱们一起再说吧。俺俩还上杨树沟,慢点儿啊。

作为蛟河市爱林林场凉水河子森林管护区区长，杨宝山已经在这里干了整整四十年。

凉水河子森林管护区坐落在三面环水、一面环山的孤岛上，四万公顷的森林面积就靠他们四名护林员常年管护着。

【同期声】杨宝山：我们这地方回趟家只有两种选择，一是翻山，二是坐船。坐船要一个半小时到沿江，再坐客车，客车到蛟河是六十公里，一个来回就要一百二十公里；翻山走就要走三个半小时，能翻到沿江，再赶客车也赶不上。所以说我们就选择在这儿住下，一个月只能回一趟家，到月末回趟家，也是一种非常奢侈、高兴的事。

【现场音】关喜如：晚上回来吃吧，四点半开饭。

关喜如是爱林林场的退休职工，也是杨宝山的表叔，杨宝山能够进入林场，成为一名森林管护员，与他有着千丝万缕的关系。

【同期声】关喜如：那年正赶上杨宝山毕业，我和他爸在一个场子上班，后来和他爸合计，让杨宝山到林场上班，那时林场效益挺好，大伙儿所说"油锯一响，黄金万两"，都管我们林场叫"林大头"，就是有钱。

如今已经七十八岁的关喜如，一辈子没有离开过林业，他是爱林林场凉水河子这片林区的第一代林管员。提起上班护林时的那段光辉岁月，老人似乎有说不完的话。

【同期声】记者：你们那时候工作环境怎么样？

关喜如：那时候不好，深山没有电、没有路。每天工作需要八九个小时，在山里来回溜达，巡山。走累了呢，在树底下歇一歇，打个盹儿。渴了、饿了，就嚼口干粮，喝点儿山泉水。如果迷失了方向，就爬到哪棵高的树上，看看太阳在哪边，辨别一下方向。

怀揣着"林荣我荣，林兴我兴"的信念，关喜如从青春年少熬到了两鬓斑白。1987年，他光荣退休之际，把二十七岁的杨宝山"拽"进了凉水河子来顶班。

从清晨八点出发，经过三个小时，在到达牛心顶子时已经接近中午时分，休息片刻，杨宝山将翻过眼前这座高

山，与队友王玉福他们会合。

【同期声】杨宝山：那时候，老一辈就像我关叔，他们在那个江边栽了不少树。这个位置，凉水河子跟桦甸正好是交界位置，这里森林植被特别好，也适应森林保护，都特别好。现在的树，他们老一辈栽的树，都这么粗，我现在过来看都这么粗了。当时我关叔也跟我说了，不行就到这儿来上班，上凉水河子替他管护好这片林子。我说再说吧，不一定，走到哪步算哪步。当时别提了，一提起到林业都挺高兴的，心里老高兴了，后来一听说当护林员，我这心里就不太高兴了。守护这大山天天看不到人，这冷不丁要看着个城里人都老高兴了。晚上一到住的地方，就是来回"侃大山"，唠唠嗑。早早就睡觉，第二天早上还得早早起来。

最初，杨宝山对关喜如帮忙安排的工作颇有微词，但拗不过关叔及家里人的意思，还是被"押着"去报了到，成了"林二代"，领上了每月六十四元的护林员工资。

【同期声】杨宝山：那时候就寻思干两年看看，不行就回场子干点儿啥，或者当检修尺员，干点儿啥都行。后来干了两年就不愿意走了，看这树长得这么粗、这么高，一天要是不管，不上趟山溜达看看这些树，心里还不踏实，就是在这儿习惯了，后来就不愿意走了。当时我就寻思我父亲为啥给我起这个名字——宝山，就是为了让我保护这片青山，保护绿水青山。

【现场音】杨宝山：累了吧，来，坐这儿歇会儿，吃一口吧，就这点儿。

从二十七岁到五十八岁，是人一生中很长也很珍贵的一段时光，而对于杨宝山来说，四十年便如同一日，因为每一天他都面临着同一件事，那就是上山护林。

【同期声】杨宝山：我算了一下，一年大概得走二百多天，一天得走十四公里到十五公里，累计下来一年得三千多公里。我参加工作四十多年，大概要走十二万多公里，相当于绕地球三周。我就感觉自己挺厉害。得划号啊，得做巡护啊，这道不扛走，一年不止这些。

关喜如家的房后就是松花湖，夏日里，老人家总愿意到湖边纳凉，望着碧波荡漾的湖水和远处郁郁葱葱的青山，老人觉得很欣慰。

【同期声】关喜如：你看这边环境多好啊，"绿水青山就是金山银山"，这句话特别重要。以前我小时候在这边，树都很大，现在已经不多了，只有凉水河子那边还剩一小部分，这说明保护环境很重要。

巡山并不是简单的巡视，春秋时节的森林防火、夏日里防止耕牛进山、冬日里禁止乱砍盗伐。平时还要对遭到毁坏和有病虫害的树木都进行登记，特别是对那些进山采集山货的人们，要提醒他们保护生态环境和进山注意防火，这也是重要的工作。

【同期声】杨宝山：见到两个农民，告诉他们不要砍树。

【现场音】杨宝山：别砍树，这块是重点公益林，国家重点公益林，采点儿蘑菇啥的行，这树别砍，砍它干啥啊。注意点儿防火……好嘞。这都是国家重点公益林，是不允许砍伐的，不能破坏植被啥的。还有一点，千万别抽烟啊，要不着火就麻烦了。

【同期声】杨宝山：防火期时，我们根本请不了假，防火期谁都走不了。像有一次，我媳妇儿给我捎信，说我岳父病重了在医院住院，但是也回不去啊，我媳妇儿心里不高兴，我心里也内疚，但是没办法，谁也回不去。

【现场音】守林员们：

他俩到哪了？

不知道啊。

今晚炒鸡蛋，下挂面，饿够呛了吧？赶紧。锅开了，还缺啥你说。等会儿先把鸡蛋炒出来，鸡蛋变色了。

快回来了吧？赶紧的。

杨宝山回到住处，已是晚间六点多了，另一组巡山的王长福他们已经回到了驻地，并且准备好了晚餐。

明天就是端午节了，杨宝山匆匆吃了口饭，便想起给家人打个电

话，问候一下过节的情况，由于这里信号不好，杨宝山他们打电话只有借助梯子爬到房顶。

【同期声】杨宝山：喂，媳妇儿，我这头信号不好，能听见不？我回不去，明天五月节了，东西都买好了吗？今年也不在家过，回不去啊。能听见吗？

挂断电话，杨宝山坐在房顶许久没有下来，快六十岁的人了，差点儿落泪。

【同期声】杨宝山：俺们这里就是条件不好，有时下大雨或者下大雪。像夏天时，下大雨谁也走不了，船也不敢走，风大也不敢走。你买东西啥的都买不了，就得跟农民借。你像冬天时雪一大了也走不出去，这山道，想翻山，雪厚，你也走不动啊。

【同期声】杨宝山：在我们这地方，黑瞎子、野猪是常有的，尤其是现在，野猪特别多，老百姓的庄稼经常被祸害，祸害完了，人就来找我们来了。我们这天天必须得巡山到位，不到位真就不行，天天走得远，哪都走。

山里的夜晚是寂静的，杨宝山他们的夜生活除了看电视、侃大山，再有就是写日记，一本本护林日记，记载着他们走过的山山水水，春夏秋冬。

【现场音】杨宝山：有的就得往上报，不能怕得罪人，该报就得报。走了俩地方看看。你俩把电视小点儿声，听不见。就是今天去了，发现了你就写，你俩都写完了？

守林员：写完了。

杨宝山：一会儿咱也休息，明天还得起早，该干啥干啥。

从老一辈的造林人到新一代的守林人，他们把青春和力量献给了这片绿水青山，青山印证着他们的艰辛，绿树铭刻着他们的坚守。

（播出时间：2020年7月10日）

千里走单骑

一张中国地图、一辆骑了九年的摩托车,我市六十八岁的退休老人蔚永久,骑行了一万六千多公里,穿越了大半个中国,顺利地返回了家乡。本期节目,让我们一起感受"骑士"的精彩旅程故事。

眼前这位正向记者讲述此次行程的人，就是已经六十八岁的蔚永久。蔚永久是我市一名普通的退休工人，但年近古稀的他却在我市创造了一个壮举——骑着摩托车，行程一万六千多公里，历时五十六天，走遍了大半个中国，到达目的地西藏，再返回蛟河。

【同期声】蔚永久：我早就有这个想法，大家说这么大岁数不行，但我始终坚持梦想，就跟长春的一位车友走完了这趟行程。

用摩托车骑行大半个中国，那可不是说着玩儿的。蔚永久与长春的一位车友计划此次行程用了很长时间。出行前，蔚永久将自己的爱车彻底做了检查。米、油、睡袋、煤油炉、帐篷等也是出行的必备物资，就是在准备如此充分的情况下，一路上，他们还是遇到了许多意想不到的困难。

【同期声】蔚永久：先是我搭档的车坏了，我拉着他走了四百多里，然后我的车刹车也坏了，没有修理部，就一直坚持着走，我们晚上住帐篷，经过雪山沙漠，克服高原反应，最终到达目的地。

蔚永久在出行前准备了一个小本子，上面记录了他从出行开始，每天经过的地方、加过的油量等，而更令他感触良多的是这一路上的见闻。在遥远的他乡，他看遍了祖国的大好河山，也得到过边防解放军的帮助，更是在新疆偶遇过吉林老乡，等等，这些都让蔚永久感慨万千。

【同期声】蔚永久：在西藏我们看见了藏羚羊、野驴，藏族同胞也非常热情，非常淳朴，尤其在外地能遇见吉林老乡，那是格外亲切。

这台雅马哈250摩托车可以说是蔚永久的宝贝，就是靠这台摩托车，蔚永久才完成了这次西藏之行。据他说，这么远的路程，这台车仅仅后刹车失灵过一次，全程基本上没出过什么毛病。接下来蔚永久还要靠它去祖国那些他还没去过的地方。

早些年，有着二十多年骑行经验的蔚永久结识了我市的一些摩托车爱好者，他们经常在一起研究摩托车的技术指标，或是相约骑行旅游。他们的平均年龄都在六十岁以上，出于共同的爱好，他们走到了一起。

同样是摩托骑行，但是和蔚永久相比，这些摩托车爱好者还是自愧不如，在他们看来，蔚永久已近七十岁的年纪，还骑行这么远的距离，他的魄力、他的勇气以及他对梦想的坚持和面对困难的无所畏惧，都是他们无法比拟的。蔚永久完成的这次壮举，让骑友们对他产生了由衷的钦佩。

【同期声】朋友吕刚：这么远的距离，他能安全到达，并安全返回，我是非常佩服的，有机会我也想跟他去一趟西藏。

【同期声】朋友韩仰学：真没想到他能完成此次出行，这得多大毅力！他回来之后我们都很受感动。

谈到这次行程，用蔚永久的话说，这五十六天所经历、所见识的，就是用三天三夜也说不完，但此次行程带给他更多的却是人生感悟，总结成一句话就是：到任何时候都要与人为善，但行好事，莫问前程。

【同期声】蔚永久：人到任何时候都要多帮助别人，互相帮助才能互相成全。这不仅体现在骑行的路上，在我们的生活中也应该这样。

【同期声】蔚永久：只要我身体还可以，到八十岁我也照样骑着我的摩托车走遍祖国的大江南北。

"莫道桑榆晚，为霞尚满天。"对于这次骑行的经历，蔚永久似乎有着说不完的故事、道不尽的人生感悟。在他身上，我们看到更多的是年轻的心态、强健的体魄以及坚韧不拔的意志。古稀之年尚能创造如此壮举，我们年轻人是否也能像他一样，为实现梦想一路向前呢？

（播出时间：2021年6月12日）

街头修车匠

在我市的蛟河市第一中学附近，有这样一个小小的自行车修理铺，我们的城市在不断地发生变化，而这个修车摊儿却能在这里存在了三十年，至今还继续经营着。

修车摊儿的主人名叫袭普庭，今年已经是九十一岁的高龄了，但从气色上来看，老人似乎并没有实际年龄那么大，修起车来依旧轻车熟路。

作为我市原机械厂的一名老退休职工，袭普庭将晚年的退休生活放在了修理自行车上，而这一行，他一干就是三十年。

【同期声】袭普庭：我退休之后干的修车，我在厂子里就是修理工，退休之后也没事，我想我还有手艺，所以我就干起了修车，这一干就是三十年。

把车放倒，扒外胎，用水盆查看漏气的位置。九十一岁的高龄，这些传统的修车方式，袭普庭老人操作起来却是那样驾轻就熟。

从退休开始修自行车，这一修就是三十年，修理自行车挣不到什么钱，支持他坚持这么多年的动力是他健康向上的生活观。

在袭普庭老人的摊位里面，记者看到了很多批发来的自行车零件，这些物件对于现在的大多数人来说，就是一些用不着的"老古董"，但对袭普庭来说，这可都是他的宝贝。他说，只要这座城市还有人骑自行车，这些零件就有它的价值。

如今，开车的人多了，骑车的人少了，有时一天也就能修上一两辆自行车。袭普庭闲暇时就会和周边的这些老朋友、老邻居聊聊天，谈谈社会的发展和进步。老人们说，修自行车这门手艺永远都不过时，而袭普庭真的是在用心地修理每一辆自行车。

说话的工夫，那位女士的自行车已经修理好了，老人将自行车重新立好，又帮助女士给自行车打满了气。记者一度担心以他这样的年纪是否还能做这种力气活儿，但看着看着，记者发现这种担心是多余的。

【同期声】顾客：原来都骑自行车，以前我就在这儿修，老爷子手艺非常好，不一会儿就能看出是哪里出的毛病，所以车子一有问题，我就过来找老爷子修理。

就像这位顾客说的那样，很多人到他这儿给自行车补气，袭普庭

不仅不收钱，还经常主动帮助他们打气。

【同期声】袭普庭：经常有来补气的，都是一些学生和老人，学生也没钱，坐轮椅的我也不要钱了，打个气啥的我觉得给钱不至于，能帮一把就帮一把。

城市在发展，社会在进步。人们的出行工具逐渐变成了电动车和小轿车，放眼街上，自行车逐渐退出了历史舞台。

骑车的人少了，修车的人自然也就少了，本以为老人会觉得失落，但是老人并不这么认为，在他看来，自行车的退出，正体现了社会的发展和进步。

三十年，弹指一挥间，平房变成了楼房，土路铺上了沥青，袭普庭头上的白发和脸上的皱纹也愈加多了。唯一不变的，是这个小小的修车铺，它在这里伫立了三十年，也见证了这座城市的发展。

【同期声】袭普庭：现在生活条件好了，都买电动车，我也很开心，说明我们国家繁荣了。

九十一岁，却还能在这小小的修车铺上坚守着，或许对于很多同龄人来说，袭普庭老人的这种精气神都是望尘莫及的，而他却乐在其中。对于他这个年纪来说，挣不挣钱已经不重要了，能在余下的时光

中再发挥点儿余热,这是他一直追求的目标。

【同期声】袭普庭:挣钱对我没啥用了,身体还行的话,还能接着修车,再多交点儿党费,我这一生就知足了。

虽然已是耄耋之年,但袭普庭老人仍坚持为大众服务,通过小小的修车技术,奉献着浓浓的夕阳之情。节目的最后,我们想说的是,在现实生活中,像袭普庭这样的老匠人还有很多,他们在社会各个角落里默默无闻地工作着,用"匠心"书写着平凡的一生。

(播出时间:2021 年 8 月 14 日)

"快板儿王"的快乐生活

【现场音】王绍余：咱找个宽敞地方打，这挺宽敞。来，大伙儿站好了，二、三、四、五、六、七……

王绍余最近很忙，自从市文化馆聘请他做了业余文艺辅导员，找他学快板儿的人很多。

【现场音】王绍余：神州处处飞彩霞，这万紫千红满园花。咱们党的百年华诞多喜庆，高歌起舞庆芳华。

王绍余是蛟河市奶子山街前窑村农民，因为他快板儿打得好，周围的人习惯地称他"快板儿王"。

【同期声】王绍余：我这辈子就喜欢两件事，一个是喜欢生物，一个是喜欢文艺。喜欢生物，我参加食用菌国际研讨会，研究食用菌，我的成果就是上了国际研讨会；我爱好文艺，成立了老年合唱团，我在团里打快板儿。这辈子干自己愿意干的事，就是最快乐的，我认为我生活得很快乐。

早在五十多年前，王绍余就对快板儿产生了浓厚的兴趣，如今这两块竹板，已经伴随着他度过了大半辈子的时光。这一摞厚厚的影集，记录着不同时期老王说快板儿的场景。

【同期声】王绍余：六七十年代开始，我就说快板儿，当时说快板儿是为了宣传党的方针政策。改革开放以后，我又写了个《改革开放四十年》，这些快板儿都是适合当前形势，宣传党的方针政策。

【同期声】王绍余：这党的十九大召开，第二天早上我就把快板儿拿出来了，还在《江城晚报》上了个镜头，就是这张照片。

【同期声】王绍余：这都是我这些年写的作品，大约有五百多篇。最近几年，为了方便寻找，我都按照年份装订成册，你看这是2019年的，这是2018年的，这是2000年的……我写的快板儿，每一篇我都演出用过，我的最佳搭档就是我老伴儿……老伴儿你过来，我给大家说一段快板儿，你拿板儿去。

王绍余的老伴儿叫丛桂芹，一名普普通通的家庭妇女，硬是让他拉着学起了快板儿。

【同期声】丛桂芹：现在我们岁数大了，待着没事，俺家老头儿说你学学快板儿呗，我说学快板儿挺难的，他说你要学好了，咱俩一起打多好，我说那行啊，待着也没事就跟你学。

王绍余的长白山真菌研究所地方不大，名气却不小，经常有菌农来这里请教食用菌栽培方面的事情。

【同期声】王绍余：大球盖菇啊，还有很多像松茸、姬松茸，现在羊肚菌都能栽培了。

2000年，王绍余应邀参加国际食用菌研讨会，这次研讨会之后，王绍余名声大振，一跃成为食用菌专家。

【同期声】王绍余：国际灵芝专题研讨会要求用英语，我从小学的是俄语，根本不会英语，连英文字母都认不全。我想这咋办，我会背快板儿，我就找个老师，翻译过来之后朗读，一句句记，用汉字记每句话的音，之后到大会上说。没想到大会上发言之后，有很多外国朋友说这个老教授水平挺高啊。

王绍余研究食用菌，并且出版了多本食用菌栽培方面的书籍。

【同期声】王绍余：这本书叫《中国大型真菌原色图鉴》，这就是蘑菇的字典，我是这本书的编委。再就是这本书，这本书是我个人编著的，是《科普惠农种菇致富丛书》，有很多全国各地的农民买了这本书，学会了滑菇元蘑栽培实用新技术。这里面有我的专家咨询热线，也有不少菌农买完这本书，通过电话向我咨询。

还有这本书叫《名贵珍稀菇菌生产技术问答》，这里面有我很多照片，我是长白山真菌研究所所长，我老伴儿是长白山真菌研究所副所长。我们的工作照也在上面。这本书也能解决菇农在生产中的一些疑难问题。

实际上，我搞食用菌并不是为了挣钱，主要还是为农民服务，有不少农民在生产中遇到问题，直接来找我，我免费提供服务。有时候把打车路费都搭上了，但我更多考虑的是解决生产中的问题，帮助他们把食用菌搞成功，实现致富，这个我觉得是值得的。

下个月，街道办要举办一场老年人文艺汇演，王绍余被邀请到街道办研究节目。

【现场音】王绍余：王书记在呢？

街道王书记：来啦王老师，正想着您呢，快坐。有这么个事儿正要找您呢，您就来啦。咱们老年协会有个演出，但是现在我又看了看咱们的文艺演出，歌曲、舞蹈比较多，缺个快板儿，我想问问您看看能不能帮我想想办法。

王绍余：行，那我说个快板儿吧，说快板儿呢，我自己不太好，我和老伴儿说个对口快板儿吧。

街道王书记：那也行。

王绍余：我写个能直接切入主题的词。

街道王书记：行，咱们缺少语言类的节目。

老年人文艺汇演在十点开始，一大早，王绍余抓紧给老伴儿做演出前的细节辅导。

【同期声】王绍余：一会儿咱就上台了，上台的时候精神点儿，板儿拿

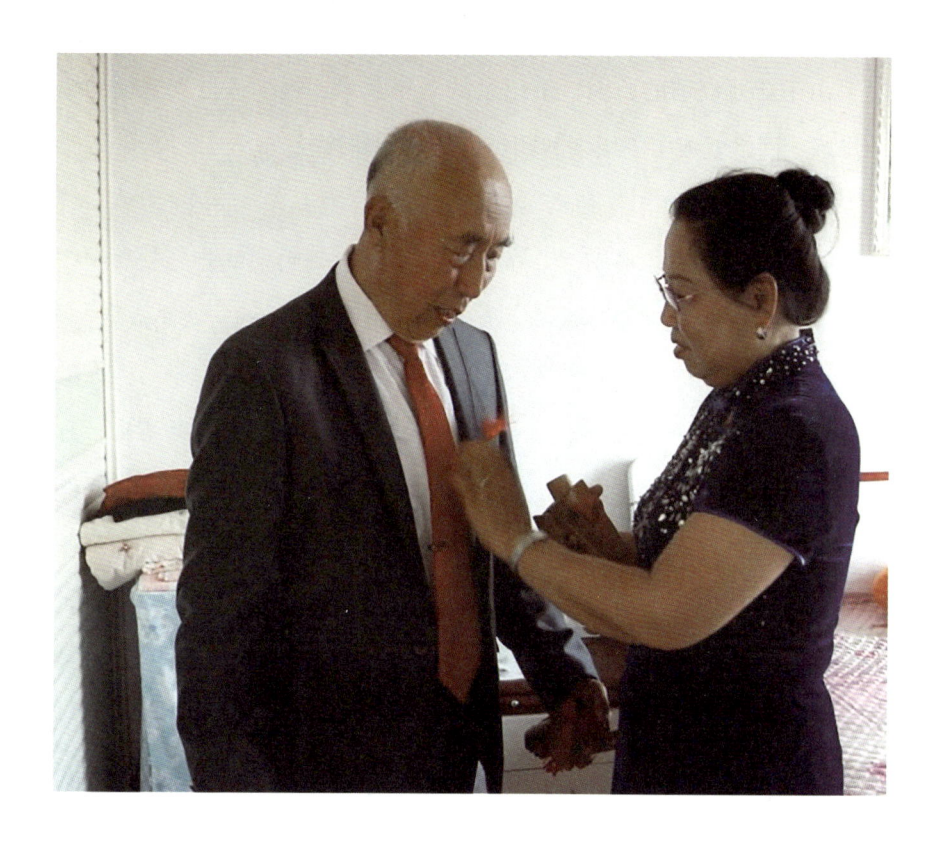

着，精神儿地往那儿一站，眼睛别左顾右盼，比如，"摆手齐、抬脚齐"，动作有棱有角，动作大一点儿，眼睛别乱瞧，一定盯住一个地方。咱一会儿就演出了，精神儿的啊，就像我这样精神儿的，好了，也快到点儿了，咱就走吧。

由于新冠疫情的原因，王绍余的老年艺术团很少进行大规模的集中排练，网络就成了王绍余教团员们唱歌的新途径。

【现场音】王绍余：准备好了，你点开始吧，点好咱们就开始教歌……阳光合唱团全体演员，大家好，现在教唱合唱《众志成城》。

【同期声】王绍余：现在科技真的发达，网络也方便，有一部手机，我就能在家教歌，合唱团的人都能跟着学歌了，像面对面一样。同时，我也有抖音和快手账号，把我的快板儿作品发到抖音和快手上，让全国人民都能看到。

喜欢快板儿，王绍余成了出了名的"快板儿王"。

研究食用菌，王绍余成了远近闻名的食用菌专家。

作为老年人，这样的晚年生活怎能不快乐！

（播出时间：2021年8月28日）

城市名片——蛟河

三千年前，人类在这片土地上，创造了灿烂的西团山文化；三百多年前，这里盛产的漂河烟成为皇室贡品；七十多年前的"拉新战斗"，这里是主战场。

今天，仍旧在这片神奇的土地上，蛟河人民正用勤劳的双手编织着崭新的梦想，奏响一曲和谐发展、快速崛起的华彩乐章。

这是一片充满生机与活力的土地，连绵青山，湖水有韵，民风淳朴，地杰人灵。这是一颗长白山麓、松花湖畔的璀璨明珠，一座享誉全国的红叶之城。

蛟河市位于吉林省东部，隶属于吉林省吉林市，幅员面积6429平方公里，人口47万。这里是长白山林海的重要组成部分，素有"长白山立体资源宝库"之称，亚洲最大的人工湖松花湖三分之二的水域位于境内，这里的森林覆盖率达68%，全年空气质量优良天数达到90%以上，可谓是浑然天成的天然氧吧。

这里不仅有迷人的风光、神奇的传说、丰富的宝藏，更有蛟河人民博大、热诚、豪放的淳朴民风和政通人和的昌盛景象。

蛟河的蓬勃发展，使它先后荣获"中国优秀旅游城市""全国休闲农业与乡村旅游示范县""全国文化先进市""全国科技进步先进市""全国科普示范市"等十多项国家级荣誉。

蛟河市地处东北三省轴心位置、东北亚经济区中心地带、长吉图开发开放先导区中间节点。长珲高速公路、长珲高速铁路、302国道、省道榆江公路、图们至北京铁路、图们至哈尔滨铁路贯穿全境。蛟河已全面融入吉林"半小时经济圈"、长春"一小

时经济圈"。随着国家长吉图开发开放先导区战略深入实施，这里已经成为建设联通大东北、辐射东北亚五国的加工基地和物流集散地的理想城市。

近年来，蛟河市依托生态、资源区域优势，坚持创新、协调、绿色、开放、共享的新发展理念，大手笔打造了软硬件设施，完善了两个省级开发区和一个市级产业园区，全力发展了医药健康、装备制造、新型能源三个新兴产业和矿产品、林产品、农特产品三个传统产业，综合经济实力不断攀升。

蛟河是全国食用菌优秀基地十强市，被誉为"中国黑木耳之乡"。全市黑木耳栽培已经突破7.82亿袋，年产干品2.75万吨。全市中草药种植面积达千余公顷，依托长白山特色优势产业，引进建成了长白山药业、长白山酒业等企业，吸引了一批农业产业化龙头企业。目前，全市正在规划建设长白山特色产品交易中心、东北中草药交易中心，全力打造东北最大的长白山特色产品生产、加工、销售基地。

蛟河是全国"四大花岗岩产地"之一，东北最大的石材原料生产基地。同时，这里的矿产资源储量丰厚，目前，已探明矿产资源四十三种，其中伊利石储量达到

一千万吨，硅藻土储量达到三亿吨，非金属矿开发利用具有广阔的发展空间。

山花竞秀，群芳吐蕊，四季皆景，浑然天成。广袤的森林植被、丰沛的水利资源、多彩的民族文化，让这个人文与历史并存的小城，闪耀着智慧的光芒。蛟河境内旅游资源丰富多彩，高山大川、飞瀑流泉、雪乡林海，拉法山、红叶岭、白石山三个国家级森林公园覆盖全境；插树岭农家乐、窝集口、乌林朝鲜族风情、富江最美村落等民俗景观，独具魅力；老子学院、圣佛寺金斗宫等文化景观，韵味悠长；庆岭活鱼、关东第一漂、亚洲第一酒窖等特色旅游产业，家喻户晓。连续二十届中国吉林蛟河长白山红叶旅游节的举办，让"蛟河红叶"这张名片享誉全国。

开放的蛟河，汇聚着世界的目光；发展的蛟河，孕育着未来的希望。这里城市建设日新月异，休闲广场、清水绿带异彩纷呈，现代服务业蓬勃发展，新型商贸服务体系日臻完善。踏上这片热土，天地因此而广阔，事业因此而生辉，人生因此而精彩。巍巍长白，蛟龙出水；滔滔松水，奔流不息。

红叶之城，魅力蛟河，正以其丰厚的底蕴、恢宏的气度、开放的胸襟，迎接灿烂辉煌的明天！

美丽蛟河欢迎您！

（播出时间：2021年11月22日）

红叶谷——森林奇遇记

蛟河市红叶谷景区在积极保护文化遗产、活化传统文化、打造森林康养旅游的同时,全力打造以"森林奇遇记"为主题的夜晚光影秀项目,以"光产品"点亮了"夜经济"。

"夜晚+沉浸式"带给观众前所未有的感官和情感上的新体验,夜间的沉浸式展览、演艺、体验等各类新项目也在加速涌现。年初以来,

蛟河市林业局践行"绿水青山就是金山银山"理念,在开发引进特色旅游项目上狠下功夫,填补我市景区夜游项目的空白。

【同期声】拉法山森林公园管理中心主任马丽涛:年初以来,蛟河市林业局积极筹备资金,建设了红叶谷梦幻森林和拉新战斗展馆等项目,其目的就是为加快培育我市旅游业发展新动能,进一步实现林业绿色转型发展,更好地促进林业增收、职工创收。我们增加的新项目将会进一步提高景区的知名度,这必将推进我市全域旅游经济和乡村振兴,相信我市旅游业也会呈现良好的发展局面。

全力打造的红叶谷"森林奇遇记",是以蛟河市历史传说、地域文化为基础,以特定的山、林、水自然景观作为载体,以多媒介互动光影技术为手段,综合运用声、光、电、数字技术等高新科技,将文化传播与互动体验融为一体的沉浸式旅游体验项目。

"森林奇遇记"分为九个篇章:入口迎宾灯光秀、五彩跑道、林海穿越、森林狂欢、遇见萤火、丛林遇险、山谷呼唤、梦入花园、水幕电影。在这里,游客不仅可以体验穿越梦想之旅,还可以静坐看台,观赏极具震撼的水幕电影,或是客串演员登上演艺船巡游表演。

【同期声】红叶谷景区副主任王洪连：梦幻森林项目占地面积五万余平方米，项目内容是以蛟河市历史传说、地域文化为基础的互动体验。目前，红叶谷梦幻森林项目已经竣工，景区将在8月31日至9月24日期间试营业。

该项目运用 3D 投影和 LED 特效打造了吉林地区第一个"幻光森林"夜游项目，将现代灯光艺术与森林美景巧妙地融为一体，配以三维音乐喷泉、水幕电影等进行独特呈现，每到夜晚，整个景区就变成了一片流光溢彩的"不夜森林"。

红叶谷"森林奇遇记"，以不同姿态的美景及其衍生出的瀑布、山石、水景、森林动物等景观为主，开辟了徒步线，辅以夜游观赏。景区意境简约质朴，清新恬淡，随环境资源不同，形成多个景观节点，步移景异，让游客更能体会到大自然的奇幻和融于森林的乐趣。

喷泉随着音乐的节奏律动，在光波流转间不停变换着色彩和造型，与森林相互映衬，时而层峦叠嶂，时而柔美灵动，时而慷慨激昂。

水幕电影斑斓的色彩和变换的造型，将游客的视线牢牢吸引，为夜晚增添了一份视听盛宴。

景区的灯光投影秀利用了独特的建筑、喷泉、水景、景观、植被、

山洞、园林、岩石等，还用投影技术，创造出一个具有历史、人文和自然特色的景区光影盛宴，使森林在夜间投影中显得神秘而又无限诱人，仿佛在讲述森林古老的传说，让游客沉浸在这美妙的旅程中。

红叶谷"森林奇遇记"光影秀项目的正式对外营业，也必将带动周边其他产业快速发展。

【同期声】庆岭漂流旅游服务公司总经理徐颖：红叶谷光影秀即将开业，也会给庆岭漂流带来非常多的客流量，在此期间，庆岭漂流也做好了迎接每位游客的准备。

【同期声】庆岭活鱼街伟平活鱼馆经理葛忠伟：光影秀开业后，一定程度上会给当地百姓带来收益，游客在夜间看完魔幻灯光后，心情一定会很愉悦，然后再来吃庆岭活鱼，品尝鱼的鲜美，会拉动我们的地方经济。我们会尽自己全部努力，来接待远方的游客。

【同期声】村民：红叶谷光影秀开业能促进我们周边村落经济的提升，来自各地的游客多了，我们采摘的山货、种植的土特产品，也能卖上好价钱。

红叶谷"森林奇遇记"光影秀项目，以其震撼的视听效果和曼妙的色彩呈现以及精美的传说演绎，必将成为我市继"醉美蛟河"之后又一张闪亮的名片。

（播出时间：2022年8月27日）

浓墨重彩绘锦绣

宽阔平整、阡陌纵横的乡村公路。

绿意簇拥、鲜花环抱的美丽乡镇。

林立的高楼，热闹的广场，犹如一个个跳动的音符，谱写乡村振兴的序曲，让人们强烈地感受到蛟河市全力推进乡镇基础设施建设所取得的显著成效。

蛟河市坚持把有限的财力惠及广大群众。今年，政府统筹规划、高标准实施八个乡镇政府所在地基础设施建设，着力打造环境优美、管理有序、文明和谐的美丽乡镇，惠及驻地群众 7.5 万人，让广大农民群众参与到宜居宜业中，不断提升幸福感和获得感。

近年来，乡村建设资金绝大部分都投入到了村一级，导致一些乡镇政府所在地出现环境脏乱、道路泥泞、基础设施薄弱等问题。为切实解决群众的急难愁盼问题，补齐、补强乡镇基础设施建设短板，蛟河市委、市政府全面启动乡镇政府所在地基础设施建设项目。今年投资七千万元，对白石山镇、新站镇、漂河镇、天岗镇、黄松甸镇、庆岭镇、乌林乡、前进乡八个乡镇政府所在地的道路、桥梁、供热、广场等基础设施进行配套改造。改建道路 54.73 公里，硬化路面 28.2 万平方米，铺设供热管线 10350 米、供水管线 7325 米、雨水管线 2377 米，更新更换路灯 1183 盏，铺设路缘石 4778.1 米，新建混凝土边沟 35517 米，更换护栏 2530 米。这一组组数据既践行了人民至上的初心，又契合了广大群众的殷切期盼和现实需要。

供热和广场等项目实施配套改造

乡镇政府所在地基础设施建设，是落实"基层建设年"的重要内容，也是推动公共服务均等化向乡镇延伸、打通服务群众"最后一公里"的关键举措。作为实施乡村振兴战略的一场硬仗，蛟河市委、市政府高度重视、高位推进，主要领导多次深入施工一线调研指导，帮助解决问题和困难。蛟河市委、市政府组织召开工作现场会，进一步压实工程质量、施工进度、建设标准；建立完善属地、部门、施工单位联动机制，切实形成工作合力；克服疫情带来的影响，按照"三抓""三早"的原则，提前谋划、提早动手，积极协调施工单位，增加人员、设备，多个作业面同时施工，并联并行加快工程进度，助力项目提质增速。

在工作中，坚持少花钱、多办事，因地制宜、示范引领，结合各乡镇不同的区域条件、产业优势、人文特色等要素，以群众最迫切、最关心的需求为突破口，推动全市乡镇风貌实现重大改观。针对白石山镇区域面积大、人口多，居民小区及公共设施建设年久失修，对镇区进行全面改造升级；针对新站镇镇内道路基本全部损坏、排水设施瘫痪，重点实施道路及排水改建工程；针对漂河镇供热、供水管网老化破损严重，而且是全市唯一一个没有路灯的镇政府驻地，重点实施铺设供热、供水管线和路灯安装工程；针对天岗镇镇内排水设施堵塞严重，特别是几处铁路下穿路段长年积水，增设排水边沟，并且打通

了停建多年的断头桥；针对黄松甸镇道路破损问题，结合黑木耳、灵芝等特色产业元素铺设道路、安装路灯等。

改善人居环境，建设美丽乡村，承载着蛟河人民的梦想和期待。如今，在多方的共同努力下，各乡镇容貌更加整洁靓丽，生态环境持续改善，乡村特色愈发鲜明，公共服务配套设施日渐完善，一个又一个乡镇华丽转身，为蛟河乡村振兴注入了源源不断的新活力。这场既增"颜值"又添"气质"的乡镇建设实践，必将引领蛟河农村更美、农业更强、农民更富。

（播出时间：2022年9月22日）

逐梦在希望田野上

一方钟灵毓秀的生态沃土,

一座风华竞秀的红叶之城。

这就是蛟河,长白山麓,松花湖畔,一颗璀璨的明珠。

这里是全国重点产粮大县、全国生猪调出大县、全国食用菌优秀

基地十强市、全国农村创新创业典型县、全国休闲农业和乡村旅游示范市、国家电子商务进农村综合示范市、国家"互联网+"农产品出村进城工程试点市、全国绿色防控示范县……一个个"国字号"荣誉，见证着蛟河"三农"工作所走过的光荣和梦想。

乡村兴则县域兴，县域兴则百业兴。近年来，蛟河市认真落实习近平总书记关于"三农"工作的重要论述，以实际行动努力描绘着村美、民富、产业兴的幸福新图景。

大力发展特色产业　夯实乡村振兴基础

推动乡村振兴，产业兴旺是关键。

蛟河市立足产业基础和优势，形成了以黑木耳、灵芝、黏玉米、晒烟等为主导的产业功能区，农业特色产业带动全市农民人均增收超过 5500 元，积极推进示范家庭农场创建，引导适度规模经营，全市家庭农场达到 1541 家。

2021 年，全市黑木耳生产量发展到 10 亿袋，年产干品 3.75 万吨。蛟河木耳现代农业产业园被评为"国家级黑木耳特色优势产业园区"，黄松甸黑木耳获评"国家地理标志保护产品""中国地理标志证明商标"，入选中国农业品牌目录农产品区域公用品牌，黄松甸镇连续两年被评为"全国乡村特色产业十亿元镇"。

全市灵芝种植突破 170 万椴，黄松甸灵芝先后获批"国家地理标

志保护产品""中国地理标志证明商标"。成立于 2019 年的吉林金芝楼生物科技有限公司，将灵芝种植项目纳入到新站镇产业扶贫规划当中，通过入股分红的方式，带动 29 个村集体经济增收 300 万元，脱贫户户均增收 1000 元。

素有"水果玉米"之称的速冻黏玉米，是蛟河市又一主要产业。今年，全市有 14 个乡镇街发展甜黏玉米产业种植，种植面积达到 1 万公顷，预计年采收黏玉米 4.5 亿余穗，金亿食品、得利斯食品等 11 家

速冻加工企业生产的黏玉米远销全国各地。

　　晒烟产业在蛟河有着近四百年的历史，被称为"关东烟""漂河烟"，列入吉林省首批非物质文化遗产名录，是吉林省名牌产品、国家名晒烟。2022年，全市烟叶种植面积1500公顷，预计生产晒红烟750万斤，税收可达1000万元。

加快推进秸秆变肉　　打造乡村振兴引擎

带动2000户饲养基础母牛4000头

　　立足肉牛养殖发展基础，将肉牛产业作为农业内部结构调整的革命性工程来抓，确立了"四步走"的发展思路。

　　创新实行"小规模、大群体、整村推进、分户饲养"肉牛养殖发展模式。全市养牛户发展到1.2万户，占农户总数的20%，其中存栏10头以上养牛户2200余户，50头以上的养殖户270户，经验模式在全省推广。

大力引进培育规模化养殖场。今年新建千头牛场2个、百头牛场8个，全市千头牛场发展到了6个、百头牛场发展到了28个，确保肉牛饲养量突破21万头，比去年净增加2.7万头。

强化政策和资金扶持。在全省率先推出"致富牛创贷"扶持政策，鼓励农户养殖基础母牛。2020年以来，累计投入肉牛产业发展扶持资金1.02亿元，为4700户发放贷款2.1亿元，新增基础母牛9400头。

积极做好延链补链文章。城南肉牛交易市场年肉牛交易量20万头以上，交易额达30多亿元，计划投资570万元对基础设施进行升级改造。引进建设胜百泽（吉林）生物科技有限责任公司年产10万吨秸秆饲料加工项目，秸秆转化率由原来的30%增加到70%。

持续打造乡村旅游促进乡村振兴提质

蛟河市将发展乡村旅游作为推进全域旅游、实现乡村振兴的重要

支撑，全力推动乡村旅游点上成景、线上出彩、面上开花，以全景化、全产业、全维度的姿态描绘着乡村旅游的精彩画卷。

精品化开发，推动旅游资源整体升级。以打造高端品牌旅游景区为切入点，先后投资 2 亿余元建设具有影响力的精品旅游景区和景点基础设施；依托投资 70 亿元的蛟河抽水蓄能电站项目，带动琵河水电旅游小镇道路、民宿等基础设施项目全面开工；投资 2000 余万元的红叶谷森林夜游项目于 8 月 31 日全面运营，进一步提升了我市旅游品牌效应。同时，规划建设了天桥岗滑雪场项目，计划总投资 50 亿元，占地 10.6 平方公里，雪道长度约 50 公里，雪道面积 150 公顷，设计打造以"冰雪娱乐"为特色，"健康生态"为主题，集休闲娱乐、运动、养生、度假等为一体的东北地区四季旅游目的地。

特色化培育，推动旅游产品提档升级。投资 4000 余万元建设环松花湖休闲旅游公路。全力打造庆岭冰酒文化产业园和特色冰酒小镇、苏尔哈湖畔冬捕、金兰湾湖畔采风等项目，实施新站历史文化街区改造、新站谈判旧址文博公园、拉新战斗展览馆等红色旅游基础设施建设。

多元化营销，推进旅游宣传全面升级。深化四季营销、新媒体营销、节事营销和客源地营销，强势推出蛟河八大人文景观、八大自然景观，连续举办二十届"吉林蛟河长白山红叶旅游节"。"春看梨花夏避暑、秋赏红叶冬捕鱼"的四季旅游格局正在逐步构建。

内涵化发展，推进旅游文化融合升级。依托红色、木帮、渔猎等地域文化符号，挖掘"黄、白、红、绿、黑"等五彩特色资源，努力把乡村独特的生态价值、文化价值、社会价值转化为农民实实在在的经济价值。中国富江传统村落、中国民间文化艺术之乡、国家美术写生基地等一批文旅项目应运而生，推进乡村旅游高质量发展。

夯实基础设施建设　助推新型城镇化发展

乡村振兴，设施先行。蛟河市始终以"知民忧、解民困、暖民心"为出发点和落脚点，大力实施乡村建设行动，不断提升百姓的幸福感

和满意度。

公路是乡村的命脉，是乡村经济的基础。"畅返不畅""超期服役"的乡村公路，严重影响了农村百姓的出行，制约了农村经济发展。为破解乡村交通难题，近三年，蛟河市累计总投入5.6亿元，改建农村公路547公里、危桥25座，受益建制村129个，受益人口14.1万人，先后补齐了一批"末梢路"、打通了一批"断头路"、建设了一批"产业路"。我市获评"四好农村路"省级示范县，正在争创国家级示范县。"四好农村路"加速了人流、物流在城乡间的流动，"城货下乡、山货进城、电商进村、快递入户"，让百姓出行更方便，生活更便捷。

突出人居环境治理　擦亮乡村振兴底色

人居环境整治是乡村振兴中的重要一环，蛟河市坚持整合资源、分类施策、综合治理，全面提升农村人居环境质量，加快建设生态宜

居美丽乡村，为乡村振兴赋能增彩。

随着"七边"环境卫生治理行动的高位推进，一个个心向往之的美丽乡村正逐步变为现实，蛟河人民用行动践行了"美丽家园自己建设，幸福生活自己创造"的美好梦想。

全域推进促整治。优化垃圾收运体系，补齐收运设施设备，强化保洁队伍管理，提高收运频次，全市村屯内外、公路河道、公共区域、房前屋后、田头林边、园区周边的垃圾、杂物、农业生产废弃物随产随清，垃圾治理村屯覆盖率实现100%。

典型示范促提升。2022年，以"七边"环境治理行动为抓手，重点对302国道"蛟白段"、白石山至琵河段、庆岭镇滨湖路沿线村屯基础设施进行改造提升，打造了庆岭镇杨木沟村、白石山镇琵河村等9个宜居宜业样板村。持续实施"千村示范"创建，累计创建示范村45个，充分发挥示范带动作用，逐步实现"面上干净、线上美丽、点上精彩"的目标。

治理到户促突破。以"整干净、摆整齐"为目标，实施"庭院整治"行动，庭院治理率达 85% 以上；评选"干净人家"1.2 万户，逐步实现从"村村整洁"到"户户干净"的目标，以庭院"小美"扮靓村庄"大美"。

践行企业责任担当，助力乡村振兴发展

近年来，蛟河市着力做精长白山特产品加工产业，围绕黑木耳、肉牛等优势农特产品，全力引进域外农产品精深加工项目，延伸产业链条，提升产品附加值。支持黑尊食品、金亿食品等农特产品加工龙头企业增产扩能，依托得利斯食品、天一冈山黑牛等龙头企业，大力

推进生猪和肉牛全产业链建设,进一步提升产业规模化。

吉林得利斯食品有限公司拥有国际上最先进的成套生猪屠宰设备和熟食加工设备,公司秉承"品质高于一切"的理念,致力于打造"从农田到餐桌全产业链、全程质量安全可控"的农业产业化典范企业和食品安全典范企业。2021年实现产值18.1亿元,同比增长37.4%。

吉林黑尊生物科技股份有限公司成立于2009年,是一家以菌种研发生产为主营业务的省级龙头企业,年产黑木耳液体三级菌包1000万袋。

昂首阔步新时代,山乡巨变起宏图。在实施乡村振兴战略的伟大实践中,蛟河市全面释放发展动能、激荡发展豪情,努力打造具有蛟河特色的乡村振兴发展模式,"红叶之城,魅力蛟河"正向着更加美好的明天进发。

(播出时间:2022年9月26日)

高山之上

夏天，天亮得早，鞠来信和老伴儿秦四芳早早地起来，开始了一天的忙碌。鞠来信的家就坐落在拉法山主峰下的一个景点"穿心洞"旁，从山底到他们家的垂直距离有五百八十二米。准确地说，这里已经算作是游客登临主峰途中休息的一个驿站。

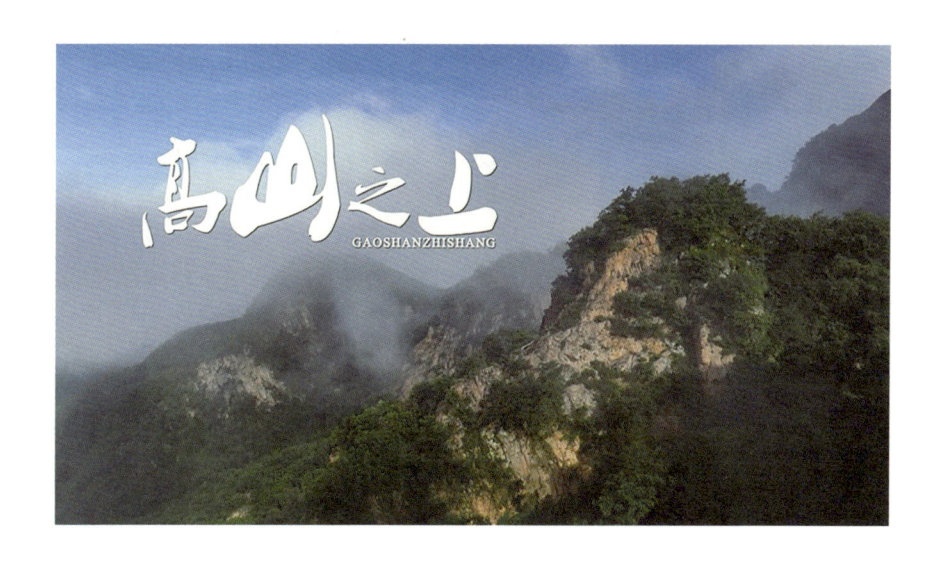

【现场音】鞠来信：昨天下雨了，今天雾也挺大呀！看雾的人得挺多，一会儿我上主峰了。

秦四芳：赶紧去吧，穿件衣服。

鞠来信每天的主要工作就是巡山。2003年，拉法山景区刚建成时，聘请他为义务管护员，虽然不给工资，但允许摆摊儿经营，收入都归自己。

【现场音】鞠来信：注意点儿啊！注意安全！这段路坡陡，把着点儿栏杆啊！

二十多年了，老鞠每天穿梭于穿心洞与主峰云罩峰各景点的环线上，爬上爬下，虽然累点儿，但乐此不疲。

【现场音】鞠来信：这几步不好走啊，你们慢点儿下啊。

游客：谢谢啊，谢谢。

老伴儿秦四芳是和鞠来信一起进山的，起初仅靠摆摊儿卖些零食赚钱。一次偶然的机会，游客发现她包的饺子好吃，于是秦四芳便信心十足地开起了这家饺子店。

【现场音】游客1：哎哟我的妈呀，可算爬上来了！还有卖东西的。

游客2：这么热闹啊，快来，快歇歇吧。哎呀，还有饺子！饺子多少钱一斤？

游客1：三十元不贵，都什么馅儿的？

秦四芳：都是山野菜的。

游客2：真好，大叶芹，一样来一盘吧。

秦四芳：好的。

游客2：那要一斤半饺子。

秦四芳：你们就先整一斤。

游客1：一斤也行，先整一斤。

游客2：您在这卖饺子已经卖了多少年了？

秦四芳：二十多年了，当初景区让老头儿来看山，我也跟着来了，他爱吃饺子，我们就采点儿野菜包饺子，游客说你这饺子卖不卖？我说卖，从那以后我们就卖起饺子来了。

游客1：哎，饺子来了！

秦四芳：饺子来了，尝尝咱们这个酸菜馅儿的饺子啊！

游客2：嗯，好吃！

秦四芳：都是酸菜的和刺五加的，来尝尝这个，挺好吃的。

游客1：这个是什么呀？

秦四芳：这个是刺五加。

游客1：啊，刺五加。

秦四芳：刺五加是一种中草药，这个小芽咱们就直接吃，把根提炼出来，是刺五加药，对心脏好。

游客2：这全是野生的是吗？

秦四芳：全都是野生的，没有化肥没有农药的，都是上山采的。平时只要有时间了我就去采。

饺子店来来往往游人众多，秦四芳俨然成了一位兼职导游。

【现场音】游客3：还有多远到穿心洞啊？

[图片：好吃，都是山菜的]

秦四芳：马上就到。

游客3：玻璃栈道在哪儿啊？

秦四芳：玻璃栈道在这个荧光洞东洞口。往主峰去，从这边走，主峰在这边。

游客3：咱们这儿离主峰还有多远？

秦四芳：还有五百五十米。

游客3：还有五百多米啊！

秦四芳：嗯，陡峭，顶上都是陡峭的了，你们慢点儿上。来一趟拉法山攀的就是主峰，钻的就是古洞，看的就是那个奇峰。

游客3：对，来一趟都去顶上看看。

连续几天的降雨让景区的一些防护设施受到了损坏，鞠来信需要对管辖段的设施进行修护。

【现场音】鞠来信：这不太安全哪，太陡了！

游客4：哎呀，可不是嘛，是挺陡的，不是那么安全啊！

鞠来信：我上去把着你点儿吧，能安全点儿。

游客4：好，谢谢，谢谢！离主峰还有多远？

鞠来信：离主峰还能有四百米吧，你注意啊！

游客4：好的，谢谢了啊！

【现场音】鞠来信：哎呀，你们这是怎么了？

游客5：刚才摔了一跤。

鞠来信：哎呀，这个时候会比较危险，千万要注意安全，我这兜里还有酒精湿巾，你擦擦。

游客5：谢谢您，谢谢！

鞠来信：山下边不远处有一个救护站，你再临时处理一下。

游客5：好的，好的，谢谢！

【现场音】护林员：哎，老鞠，过来一下，跟你说个事。刚才你是不是看着有几个小伙子背包上山了啊？

鞠来信：上去了啊！

护林员：你盯着点儿啊，别让他们在山上动火。

鞠来信：嗯，好。我过去提醒他们。

【同期声】护林员：你看这身体杠杠的，七十八岁了，不像吧？这老爷子很负责，在山上二十多年了，没有工资，就靠老两口儿卖点儿货为生。从这个穿心洞一直到主峰都归他管，每天上上下下好几趟。我粗略地算了一下，这一年就得走三千多公里，二十年就得走七万多公里，相当于绕地球两周了。

【现场音】鞠来信：在这儿休息呢？

游客6：哎呀，走累了。

鞠来信：我看你这书包挺重，别把这树压折了，这树也像人一样一样的，知道疼。

夏天也是景区游客最多的时节，小店生意特别红火。双休日因为生意忙，秦四芳把侄女喊来帮忙。

【现场音】侄女：大姑啊，这桌你结账没？

秦四芳：哎呀，忘了。

侄女：你看又白吃白喝一桌子，我咋这么不理解你呢大姑。

秦四芳：谁也不是故意的，可能忘了吧。

侄女：你说现在物价这么高，这饺子价格二十年前你就三十块钱一斤，是不是该涨涨价了？我给你改价，五十元一斤，现在这物价这么高。

秦四芳：侄女你干啥呀？别改别改。

侄女：你挣点儿钱吧，这么辛苦。

秦四芳：别改了，那不就是为了方便游客吗？也不是为了挣钱。

一天不到，侄女就以自己的理发店脱不开身为由离开了。

【现场音】秦四芳：侄女生气了，走了，气跑了。

鞠来信：这环境人家能待住吗？

秦四芳：不行咱们也回去得了。

鞠来信：在这山上活动活动不挺好吗？

【现场音】山下工作人员：别背了，等索道开了，你再往上整呗？

鞠来信：不等了，上面还等着急用呢。

索道突然停电，让鞠来信临时决定，将采购的水和用品背到山上。七十多岁的人了，背着五十公斤的东西登山确实是一种考验。

【现场音】游客7：背的是啥呀，这么沉啊？

鞠来信：给小卖铺送的货。

游客7：歇一会儿吧，这么沉。

鞠来信：没事儿，我这都习惯了。过去没索道的时候全靠背啊，连冰箱、冰柜都是背上来的，现在有索道了，一天少走不少路，也少挨不少累。过去，七八十斤的东西我背起来也不算啥，现在年纪大了，背起来也挺吃力的。

傍晚时分，秦四芳的饺子店照样红火，蛟河的几位登山爱好者隔三岔五登一次拉法山，顺便在小店吃顿饺子。

【现场音】秦四芳：还是每人半斤饺子呗？

登山者：对，还是半斤饺子，酸菜水饺啊。

秦四芳：现在人们都有钱了，也都爱旅游了。

登山者：可不是咋的呢。

秦四芳：现在北京、广州的，很多远地方的人都来，原先都是蛟河的，哪有外地人啊。

秦四芳与这些登山爱好者们处成了朋友，登山爱好者的到来，也给小店带来了欢乐。

【现场音】游客8：拉法山第十次直播，采访一下穿心洞门前饺子馆老大姐。大姐采访一下。

秦四芳：采访啥？

游客8：大姐这饺子馆开多少年了？

秦四芳：二十多年了。

游客8：你快乐吗？

秦四芳：快乐呀，天天守着这个大山，还能看见你们这些游客。

游客8：你最大的感受是什么呢？

秦四芳：最大的感受就是，这里的环境越来越好了，我们乍来的时候哪有这个好道啊？都是土路。现在又是栈道又是石板路的，尤其这些大树，长得多茂密啊，这都是大山给我们的回报。

山里的夜晚是静谧的，鞠来信和老伴儿却显得异常忙碌，他们要为明天准备新鲜的食材。

你这手工包的也太慢了应该买个饺子机么

【现场音】秦四芳：得多包点儿啊。

鞠来信：你这手工包的也太慢了，应该买个饺子机，能减轻不少的体力。

秦四芳：谁爱吃饺子机做的呀，手工包的饺子多好吃啊。

鞠来信：哎呀，大孙子来电话了。

秦四芳：赶快接。

鞠来信：喂，大孙子，包饺子呢，对，这两天吃饺子的可多了，今天都卖光了，得多包啊。你好好学习啊，别忘了好好学习啊。

秦四芳：我们从今年五一到现在，一趟家没回呢。每年五一到这里，直到十一才能回去。我们也想回家看大孙子，但一到节假日，很多人都来这儿吃饺子，你说这么大岁数了，不干吧，好像还让他们挺失落的。

鞠来信：挣不挣钱都无所谓了，主要就是舍不得这个山。

东北的秋天来得早，随着天气转凉，游客显得越来越少，景区也到了休业的时间，鞠来信也将完成一年的巡山任务，下山休息。

【现场音】鞠来信：老伴儿，景区来通知了，让后天下山，要封山了。我让他们把东西收拾收拾，这屋得收拾好，然后咱们就下山了啊。

秦四芳：哎呀，那这些东西咋整啊，这都是游客落这儿的。

鞠来信：落这么多啊？

秦四芳：你看，这可能是摄影用的，这个挺好的。

鞠来信：嗯，这都是值钱的东西啊，咱们都交给景区吧。

【现场音】鞠来信：你看这个树叶都掉光了。

秦四芳：嗯，你看这棵树都多少年了，咱们刚来的时候还是小树苗呢，现在都长这么粗了。

高山之上，年复一年。鞠来信每天穿梭于大山之间，恪守着守山人的承诺，秦四芳经营的饺子店，客人来了去，去了来，谁也说不清是景区带火了饺子店，还是饺子店让景区更加声名鹊起。反正太阳照常升起，生活总要继续。

（播出时间：2022年10月27日）

品山乐水鹿角沟

初夏时节，和风煦日，在草木葱郁的季节，选择出游是一件惬意的事情。在我市庆岭镇有一处适合初夏徒步的好地方——鹿角沟。今天的节目，让我们走进鹿角沟风景区，感受山水之乐。

如果说春日是众芳争艳的缤纷招展，那么初夏就是草木葳蕤的绿

意盎然。6月的鹿角沟有着恰到好处的暖意，天更蓝，山更绿，水更清，风来松涛轻响，带来几分自然的清凉。

鹿角沟风景区是我市天南林场近年来新开发的一个旅游景点，这里有山有水，是盛夏休憩避暑的好去处。

【同期声】天南林场副场长邓瑶：悠然山舍鹿角沟距离吉林市区四十八公里，森林覆盖率达到百分之九十以上，占地面积五百公顷，这里有山有水，是纯天然的氧吧，是很好的避暑胜地，现已面对游客开放。

鹿角沟素有"小九寨沟"之称，也称为"太阳谷"，因为沟沟岔岔像鹿角，遂取名鹿角沟，"原生态"是这里的金字招牌。

名为"沟"，实为"山"，鹿角沟顶海拔八百多米，这里周围群山

环绕，水系支流丰富，风景秀美，自然又原始，山中溪水清流，流水潺潺。置身山中，能感受到人与自然的和谐之美；呼吸山林间的空气，能感受到林间草木的清新；漫步林间小路，周身鸟语花香。

【同期声】天南林场产业科科长宋波：鹿角沟是一个森林覆盖面特别大、景色非常美的地方，鹿角沟有几个特色景点，有高山草原，大片的蒲公英花，还有果树。这里有个鹿鸣涯，是自然形成的高山，景色非常美，还有许多瀑布群，水质特别好。

鹿角沟地貌独特，在谷中有着一条沟壑，从山顶一直到山脚下，最后一直环绕在山峦之上，在山上有着潺潺的小溪，最后都汇集在这条沟壑里面，然后形成了一条小河湍急流下，沿着山谷蜿蜒流过。这样特殊的地貌不仅形成了许多壮观的小瀑布，而且还营造了许多独特的景观。

沟内的岩石经历过长期流水的冲刷，岩石大小不等、形态各异、呈犬牙交错之状，而且溪水清澈见底，山谷两旁植被浓郁、大树参天、藤蔓横生、野花遍地、鸟啼虫鸣、蝶飞燕舞。

走进鹿角沟，就像走进了"鸟鸣山更幽"的意境，心也跟着静下来、沉下来、慢下来。走进鹿角沟的游客，会不自觉地放慢脚步，置身于阳光绿植中，感受山水之乐。

为了让游客能有更好的体验，景区在基础设施上也下足了功夫。凭借着依山傍水的区位优势，依托丰富的自然资源，结合时下游玩热点，景区还在不断开发新的游玩项目。

【同期声】天南林场产业科科长宋波：我们新上的"真人CS"项目，可以约上三五个好友来体验。后期还准备修建水上栈道和水上游玩小项目，网红桥也正在建设中，欢迎大家带着家人和孩子来游玩。

真人实景CS场地已经初步建成，得天独厚的自然环境，很适合

亲朋好友们来一场酣畅淋漓的户外竞技；露营地绿草如茵，周边山岭逶迤，美景不断，适合开启一次野外冒险；山中总有溪水潺潺，呼上三五好友，在高山流水中不妨来一次"围炉煮茶"。

原始古朴的自然景观，一望无际的玄武岩石海，点缀着各色苔藓地衣，苍松翠柏，甚为壮观。独特的自然环境，造就了独特的饮食文化。鹿角沟山脚下的"悠然山庄"为游客准备的本地美食大都就地取材，新鲜的四季江鱼搭配应季的瓜果蔬菜，在山水间游玩的同时也能满足口腹之欲。除了能提供取材于自然的美食，山庄还可以为游客提供野外露营、篝火、烧烤、烤全羊等项目及其他优质的服务。

【同期声】天南林场产业科科长宋波：为了方便大家来游玩时就餐，我们准备了松花湖的鱼、小笨鸡、山野菜，让大家吃得放心。

鹿角沟凭借优越的原生态条件，吸引了不少外地游客前来游览。据工作人员介绍，最近鹿角沟气温回升，前来露营游玩的游客也增加了不少。

远离城市的喧嚣，感受自然的美好，鹿角沟的确是个不错的选择。或漫步林间，品雅韵；或小憩松下，听鸟鸣。修心养性，莫过于此。

【同期声】游客1：今天天气不错，和朋友到鹿角沟玩一下，刚刚去山上看了一下，水特别清澈，环境特别好，心情很放松。

【同期声】游客2：在附近转了一圈，山庄推荐了一些吃的，有山野菜，这是我们在城市里吃不到的，对身体也好，还有鱼，特别好吃，七八个人点了六个菜，而且菜码很大，大家吃得都很开心。

游人越来越多，鹿角沟的名气也越来越响亮，"绿水青山就是金山银山"，找到本地的有利特点，抓住亮点，在保护生态环境的前提下，绿色发展，鹿角沟景区等待开发的资源还有很多。

【同期声】天南林场副场长邓瑶：下一步，我们要增加儿童游玩设施，今年将要修建通往山顶的道路，在高山草原建设露营基地，我们会不断完善服务，注重游客的游玩体验，让前来游玩的游客感受到鹿角沟的美丽。

　　夏天到了，趁着好天气，不妨带上家人，带上一份美好的心情，到鹿角沟走走，相信在绿水青山里，你总能找到旅行的意义。

（播出时间：2023年6月2日）

后记一：与《在我们中间》一路走来

刘跃东

《在我们中间》是蛟河市融媒体中心（蛟河电视台）的老牌电视栏目。该栏目创办于蛟河电视台成立之初的1986年，由专题部负责，每周一期，每期十分钟，开办至今已有三十七年，累计播出近两千期。

说起我与《在我们中间》的交集或缘分，可以分为三个阶段。

第一阶段——粉丝。1986年至1992年，那个年代，能在闲暇时间坐在电视机前，收看蛟河电视台自办的电视节目《在我们中间》算是相当惬意的事情了，我便是《在我们中间》节目的忠实粉丝。因为我父亲在电视台工作，在收看电视节目的同时，我还不时能听到父亲在旁的解说，了解到拍摄和制作节目时的那些"台前幕后"的故事。

第二阶段——同事。1992年开始，我到蛟河电视台工作了，我先后在新闻部从事记者、主任等工作，我的办公室与《在我们中间》的编导们仅一墙之隔。除了对《在我们中间》栏目特别关注外，我有时也有机会能参与到栏目的拍摄制作工作中。2002年至2004年，我连续三年在专题部担任《在我们中间》编导和摄像工作。

第三阶段——分管。从2016年至今，我任蛟河市融媒体中心副主任，直接分管专题部，便有了更多的职责参与到《在我们中间》栏目的创办中。

在这三个阶段里，我与《在我们中间》栏目结下了深深的情结。我见证了几代编导们对节目的精心策划和他们无限的专业精神，我也体会到了广大电视观众对《在我们中间》的关注与支持。当时电视台条件有限，没有演播室，我们就向邮政局、石油公司、影楼等单位和企业求助；录制访谈节目没有摄像机三角架，我们就用肩扛；后期制作编辑机不够用，我们就晚上加班干……这些往事现在回想起来还历历在目，记忆犹新。我想正是这种锲而不舍、迎难而上的拼搏精神，才让《在我们中间》栏目由小变大，由弱到强，才能坚持走到今天……也正是这种锲而不舍、迎难而上的拼搏精神感染着我、激励着我，使我在广播电视的工作中得以成长和收获……这些经历，回味起来让人感到无比幸福。

创办三十七周年的《在我们中间》栏目，记录了改革开放后蛟河市城乡大地经济、社会发展发生的翻天覆地的变化和取得的丰硕成果……关于弘扬社会主义核心价值观、乡村振兴、产业发展、项目建设、文化旅游、生态环境等一期期带有乡土气息的专题报道，每周如约而至与蛟河的父老乡亲们见面。《在我们中间》栏目的一期期具有时代发展最强音的报道，为蛟河市经济、社会全面发展，全方位振兴营造了浓厚的舆论氛围。

近两千期栏目，有艰辛，有喜悦，有收获。那一帧帧唯美的画面，是一代代电视人在蛟河的城乡大地上，用艰辛的脚步拓印出来的；那一篇篇厚重的解说词，是一代代电视人走乡镇、问企业，讴歌时代进步的唱响。多少个寒来暑往、多少个披星戴月……《在我们中间》一路走来，令人心喜，让人慰藉！

《在我们中间》未来的路还很远，在未来融媒深度融合的道路上，责任重大，使命光荣。高举旗帜，抢占舆论高地，助推地方经济发展，是蛟河融媒人新时代吹响的号角，我们只有奋斗，我们唯有前进！

（作者系蛟河市融媒体中心党组成员、副主任）

后记二：《在我们中间》在我心间

张晓鸿

人生是一段旅程，时光镌刻成长的记忆，每一次成长都是为了遇见更好的自己，创造更好的未来。1990年，我参加了蛟河电视台主持人的招聘，从此开启了我的职业生涯，也与日后开办的《在我们中间》结下了不解之缘，并成为这档栏目的第一任主持人。栏目主持人，是一个岗位，但我觉得这更是一份事业。这里面有责任、使命、品格和良知，也有情怀、风骨、气度和境界。虽然在这条路上会有很多辗转曲折，但不同的路程和不同的风景，可以让一个人的生活变得丰富而多彩。

纯真质朴的90年代，也是广播电视的黄金时代，广播电视是大众得以认知广阔世界的桥梁。《在我们中间》是蛟河观众自己的专题栏目，三十多年来，它以荧屏为媒，用镜头忠实地记录着蛟河大地的身边人、身边事。年复一年，节目聚沙成塔，汇集成了蛟河市民的奋斗史，见证了蛟河三十多年的历史变迁。

从主持人、记者，再到编导，可以说，《在我们中间》贯穿了我的整个职业生涯，见证了我的青春，也影响了我的人生。时光闪回，忘川重涉。一时间，光影留住了许多人和事，定格的每一瞬间都是来时的路。跟随栏目的视角，我既见证了蛟河多年来的蓬勃发展，又看到了普通百姓生活的日新月异；追随着节目的脚步，我坚实地踏遍了蛟河的土地，探访了秀美的大好山河……我陪伴着《在我们中间》一同成长，《在我们中间》也让我感受到了身为新闻人的价值，明白了努力与坚持的意义。

保持人民情怀，记录伟大时代。在历史交汇节点，我们见证着时代的浪潮，记录了社会变革。2003年，在全民创业的热潮下，我们前往浙江采访，制作了《浙江纪行》系列栏目，积极推动了我市全民创业的进展；《百姓眼里的30年》系列报道，为改革开放三十周年献上礼赞；《蛟河，准备好了》专题栏目，展现了我市招商引资及大项目建设的做法及成果；与央视栏目组联合拍摄的《解密怪坡》《老叶家的奇遇》两部专题片，分别在中央电视台的《见证·发现之旅》及《讲述》栏目中播出……这一期期栏目不仅让我内心盈满了作为新闻人的骄傲，更满载了身为蛟河人的自豪。

时光流转，沉淀了光阴；光阴飞逝，温暖了流年。在新闻故事里，我们窥见了世间百态，品尝着生命的酸甜苦辣，那些生动的、鲜活的记忆成为我生命里一笔宝贵的财富。时至今日，我时常回忆起当年采访过的每一期栏目里的主人公们，他们来自社会的各个层面，有的是行业精英，有的是模范典型，有的心怀大爱，有的多才多艺……他们中既有普通人的小善微光，也有大国工匠的精益求精；既有创业路途中的迎难而上，也有扶贫攻坚的坚定执着……不同的故事，同样的感动，他们传递出的崇德向善的正能量，树立着行为典范的价值标杆。普通百姓的生活给时光以生命，如星光般璀璨。想起他们，我总能心怀鼓舞，充满一往无前的勇气和力量。

白驹过隙，岁月更替。《在我们中间》栏目的编创人员轮换了一批又一批，但是栏目的核心精神却始终如一。新闻人的追求与坚守，也始终如一。虽然我早已告别了栏目主持人这个岗位，但兜兜转转，如今我依然在《在我们中间》栏目组里从事着编审工作。在我内心深处，"以理性关照社会，以热情关注人生"的火种从未熄灭，对新闻的热情从未减退。

在过往的三十年里，我们有付出，也有收获；有圆满，也有遗憾。但是每一期栏目里的每一个故事，早已成为了隽永的回忆。承载着这份沉甸甸的回忆，《在我们中间》将身怀使命地长久发展下去。跟随时代的脚步，感受岁月的轮转，见证城市的日新月异。

万般经历，皆是成长。《在我们中间》的三十年，也是我职业生涯的三十年。三十年岁月如歌，三十年同心同行。我们肩负着传递民生、记录历史的神圣职责，孜孜不倦，乐在其中，不言放弃。择一事，终一生，不为繁华易匠心。以敬畏心做挚爱事是一种幸福，我，享受这种幸福！即便有一天，我不再从事《在我们中间》的编审工作，抑或是告别了我的职业生涯，但这份用青春和岁月凝就的电视情结，却终身难忘，《在我们中间》会一直在我心间。

前方，山高水长；行者，万里无疆。

所有辽阔的遥想都有不被辜负的理由，拥有责任与坚守，人生便有无限可能。一档栏目亦是如此，未来的日子里，愿《在我们中间》

带着情怀与境界上路，走到花开满地，走到绿树成荫，走出独一无二的风景。

风物长宜放眼量。"好去者，前程万里"！

（作者系蛟河市融媒体中心广播电台新闻部主任）

后记三：与《在我们中间》携手同行

陈祥凤

在三十余年的电视生涯中，我与《在我们中间》这档栏目相处的时间是最久的。1990年，我从广播编辑转为电视记者，被安排到了专题部，负责《在我们中间》的采访工作。这些年来，从记者到编辑，再到这档栏目的制片人，对我来说，《在我们中间》就像自己的孩子一样，我看着它从初生到成熟，慢慢长大。到现在，我最喜欢的工作内容还是下基层拍摄《在我们中间》。

这是一档周播的电视栏目，三十七年来，每周六、周日晚间都会准时与观众见面。年复一年，蛟河的百姓把双休日晚间收看《在我们中间》当成了一种习惯。时光荏苒，主持人更替了一代又一代，但这档栏目的播出内容和风格却始终如一。

最初，《在我们中间》只是蛟河电视台创办的一档综合栏目《七彩桥》里的子栏目，每期用十分钟的时长，为观众讲述发生在蛟河市内的人和故事。后来几经改版，《七彩桥》早已停办，但《在我们中间》却依然坚挺，成了一档深受观众喜爱的品牌栏目。我想，这也许是因为这档栏目接地气、聚人气的缘故吧。

《在我们中间》栏目主旨始终是：以理性关注社会，以热情关注人生。从选题和表述方式上，一直在追求着一个定位和理想——讲述百姓自己的故事。

其实，人是社会的基本构成单元，发生在现实生活中的这些人和事，就是一个社会的缩影。细想，这些年来我们制作的每一期《在我们中间》都是在用百姓语言讲述百姓自己的故事。一个个动人的故事、一幅幅优美的画卷，都是让观众通过音和画来感受生活的美好，领悟人间的真情，憧憬美好的未来。

现在翻阅起《在我们中间》留存的每一期视频，一串串鲜活的记忆就会清晰地浮现在我的脑海中，在无数个平淡无奇的日子里，许多感动的瞬间依然如烟花般璀璨，照亮我心灵的夜空。我想，这就是电视的魅力，它让我学会倾听，教给我宽容和公正。如果把采访对象比作打开的一本书的话，那么，我就是掀动书页的手指。

时间像一条涓涓的小河，流过我们的生命之树，一片片青春的花瓣从树枝上飘落到水里，随波逐流，一去不返。而记忆却像泥沙一样沉淀下来，让河床越积越厚，水位越涨越高。也许时间会冲淡情感、冲淡喜悦和痛苦，但却无法冲淡记忆。记忆就像一段挂在网络中的视频，随时都有可能被搜索、激活、重放、定格。

我清晰地记得，这些年来《在我们中间》栏目播出过的那些人和那些故事。长跑老将王占和、护鸟人李荣富、快板儿王王绍余、修鞋匠袭普庭、民俗学者王大本、农民摄影家齐双、杂粮大王冯其永……

还有解密蛟河怪坡、探访亚洲第一大酒窖、松花江祭江仪式、最后的木帮等，采访的这些人和这些故事，就是现在想来，依然令我怦然心动。

20世纪90年代初，松江镇沿江村小学有个叫卢军的教师，他坚守在一个只有几名学生的苇子沟村教学点，每年拿着只有几百元的工资，却矢志不渝，直到突发疾病去世，才离开了念念不舍的三尺讲台。我们拍摄的《最后的民师》，还真实记录着民办教师为中国乡村教育事业所做出的贡献。

农民孙亚洲，不顾家人反对，一个人坚守在荒山秃岭二十年，用自己的双手种下了二十万株红松树，让两千二百亩荒山重新披上了绿装。《种树的老孙》留给后人的是无尽的绿色。

盲人庄保清、张玉香夫妇，为了供养自己的女儿读书，靠街头卖豆芽为生，硬是风雨无阻地让女儿完成了从小学一直到大学的艰难求学之路，让我体会到了什么叫父爱如山、母爱如海。《盲人豆芽》是我流着眼泪拍完的，节目播出时都能看见因肩扛摄像机抽泣而抖动的画面。

2000年，一位住着草房、靠捡破烂儿为生的残疾老人，自强自立，平时生活啃馒头喝凉水，却将在那个年代可以称之为巨款的一万元捐献给了国家，让我感受到中国人，哪怕是生活在社会最底层，也有着如此浓烈的家国情怀。

助学志愿者杨中华，通过爱心传递让近百名困境中的学生得到资助，还用自己本就很少的工资坚持帮扶困难家庭，让我懂得了大爱无疆、无私奉献的真正含义。我也更加清楚地知道，只有用心去感受事实，用爱去记录真相，用情去传递正能量，才是记者的本分……

诸如此类令人感动的人和事，在我们的采访中常常能够遇到……正是这些普普通通鲜活的人生风景，装点了我们的电视栏目，也正是这些普通人身上折射出的人性光芒，时时感动着我、激励着我，使我的灵魂得以净化，思想为之升华。

我还想说的是，通过拍摄《在我们中间》，让我更加爱上了电视这个行业，爱上了电视纪录片的拍摄工作。我拍摄纪录片就是起源于《在我们中间》栏目的采访。2010年，我去松江镇沿湖村采访一位深山读书人，顺手拍了一段十分钟的视频，纯粹纪实的那种，没承想播出后却引起了强烈反响。也就是从那时起，我开始了拍摄纪录片的试水。2011年我坐了一天一宿的火车，第一次去湖南省湘西凤凰县参加一个全国性的纪录片颁奖活动，参赛的作品就是《在我们中间》播出的《大山里的美丽坚守》。当时，盛会云集的都是全国纪录片大咖，我是唯一一个参会的县级台纪录片编导，当他们看了我的片子时都很惊讶——"这是一个来自东北的县级电视台记者拍摄的吗？"时任中国广播电视社会组织联合会纪录片委员会秘书长的赵捷笑着对我说："一定要坚持做下去。"正是从那年起，我迈开了一年一部纪录片的步伐，走上了纪录片创作之路。这些年来，我拍摄的作品先后在全国各类电视节目评选中获奖，有多部作品在中央电视台播出。

我时常感谢命运，让我成为了一名记者，让我参与到《在我们中间》这档栏目的创作当中，更让我在最平凡的生活中，阅读了关于"人的心灵"这本大书，那些动人的章节必将照耀我的前行之路，使我受益终生。

感谢蛟河市融媒体中心主任，也是现任《在我们中间》栏目的总监制李堂东，提出了结集出版《在我们中间》文集的动意，并且全程参与到文集的编辑、出版之中，以时间的顺序把一个个动人的人物和事件串联起来，在这些人物和故事当中去追寻蛟河的发展和变化，去感受走过的蹉跎岁月。感谢这些年来曾经和我一起，以及现在依然和我一起战斗的《在我们中间》栏目组的兄弟姐妹们，是我们的共同努力才让这档栏目一如既往，常办常新。感谢曾经和正在帮助《在我们中间》的各行各业的朋友们，感谢《在我们中间》所有的观众朋友们，是你们的不离不弃，才让这档栏目繁花似锦，花开不败。

在未来的日子里，我会带着这份美妙继续前行，迎接下一个境界的来临。

（作者系蛟河市融媒体中心专题部、大节目部主任）

《在我们中间》历届节目主持人

张晓鸿

刘炳楠

348　在我们中间

马蕾

万超男

胡凯迪

赵惊坤